A lágrima do
SOL NEGRO

JOAN CIFUENTES MESA

A lágrima do SOL NEGRO

ubook

Publicado mediante acordo com Nova Casa Editorial, Espanha.
Edição original do livro, *Montorch i la Llàgrima del Sol negre*, publicada por Nova Casa Editorial.

ubook ubk Publishing House

TRADUÇÃO	Anna Toro
COPIDESQUE	Nicole Cristo
REVISÃO	Cris Barcia, Jaciara Lima e Flávia Midori
PROJETO GRÁFICO	Bruno Santos
CAPA	Vasco Lopes
ADAPTAÇÃO DA CAPA	George Lima
IMAGEM DE CAPA	Abel Carreto Ernesto
DIAGRAMAÇÃO	Abreu's System

Dados Internacionais de Catalogação na Publicação (CIP)
(Câmara Brasileira do Livro, SP, Brasil)

Mesa, Joan Cifuentes
A lágrima do sol negro / Joan Cifuentes Mesa; tradução Anna Toro. – Rio de Janeiro: Ubook Editora, 2020.

Título original: Montorch i la llàgrima del sol negre
Bibliografia
ISBN 978-65-86032-25-3

1. Ficção de suspense 2. Ficção espanhola I. Título.

20-34515 CDD-863

Índices para catálogo sistemático:
1. Ficção: Literatura espanhola 863

Cibele Maria Dias – Bibliotecária – CRB-8/9427

Ubook Editora S.A
Av. das Américas, 500, Bloco 12, Salas 303/304,
Barra da Tijuca, Rio de Janeiro/RJ.
Cep.: 22.640-100
Tel.: (21) 3570-8150

Prólogo

Há mais de três séculos, um jovem casal descansava sob a confortável sombra de uma árvore, enquanto a primavera despontava. À tarde, o vento já soprava mais morno, abraçando-os deliciosamente; o entorno começava a acordar do período invernal. O céu mais azul destronava o cinzento, e as colinas, os prados e a paisagem em geral mudavam para um verde que representava a vida. O rapaz estava encostado no tronco daquela árvore de casca lisa, e a moça, apoiada em seu peito, o abraçava. Ela respirava profundamente para se encher desse instante em que se sentia plenamente feliz, perguntando-se por que aquele homem havia deixado tudo por ela: uma vida cômoda na capital, uma boa educação, uma família bem posicionada, que se negava a voltar para aquele povoado de onde fugiram seus antepassados. E não entendia, sobretudo, por que decidiu se casar com uma menina pobre e órfã, que, aos olhos da família dele, não poderia oferecer nada a seu filho.

Ele não a enxergava assim: tinha entre os braços tudo o que desejava, pelo qual pensava que valia a pena superar todas as dificuldades que se apresentassem — e não seriam poucas. Inclusive ficar no povoado sobre o qual ouvia histórias desde que era bebê, onde tinha muito mais conforto do que seus avós puderam ter. Histórias de desaparecimentos, de maldições e pesadelos, que, com o tempo, preferiram deixar para trás, em busca de uma vida mais próspera. No entanto, lá estava ele. Com uma vista privilegiada das ruínas do castelo daquelas histórias e de onde os aldeões continuavam não querendo se aproximar. Sem a ajuda de sua família e com uma vida dedicada ao campo, na qual não o tinham preparado. Ali, sim, o seu valor era imenso, e graças a isso decidiu seguir o que o coração lhe dizia. A questão é que se sentia mais feliz do que nunca.

A moça, pensando que não tinha nada mais para oferecer e movida pela força dos seus antepassados, cujos espíritos ainda estavam presentes naquele local, tirou um anel do dedo e o colocou nas mãos de seu amado. O anel pertencia à sua família havia mais de duzentos anos. Não foi um momento qualquer; ele não imaginava o que aquele gesto significava. Aceitou o presente sem saber que aquele momento se tornaria uma lenda e que mudaria o curso das coisas, sendo tão relevante quanto a sua própria existência. Mas isso só seria descoberto muitos anos depois da sua própria morte.

1

Enric não via as páginas daquele antigo diário havia mais de vinte anos. Acabara de recuperá-lo do recanto mais escondido da gaveta do seu quarto, e também do recanto mais profundo de sua alma. Acariciou as páginas empoeiradas e o abriu com a impaciência provocada pelo sopro do passado. Sabia que aquilo era necessário para fechar a misteriosa história na qual se viu imerso muitos anos atrás. O objetivo era proteger o seu segredo e, ao mesmo tempo, evitar que se perdesse na imensidão do esquecimento.

Sua história começa em uma vila chamada Esparreguera, na casinha que pertenceu aos seus avós, na rua das Cabanyes. A avó tinha falecido havia menos de dois anos, aos 93. Toda a família vivia em Esparreguera, desde que seus pais chegaram, quando ele era só um menino. Quase dois meses antes, os pais de Enric tinham decidido se mudar para a vila francesa de Pierrefonds, muito perto de Paris, onde encontrariam uma boa oportunidade profissional. Depois de refletir muito, Enric decidiu não acompanhá-los na nova aventura. Na sua idade, uma mudança dessa magnitude era muito complicada. Já tinha um grupo de amigos, um emprego e se sentia muito enraizado na terra que o viu crescer.

A venda da casa cobriria os gastos necessários da nova vida que seus pais iriam iniciar. Assim, Enric decidiu se mudar para a casa dos avós, onde tinha passado grande parte da sua infância.

Com apenas vinte anos e uma montanha de caixas, chegou à casa para se instalar. Antes, porém, precisou fazer uma boa limpeza. Estava disposto a se desfazer de todas as coisas inúteis que estavam guardadas. Muitas delas lhe traziam lembranças e não teve coragem de jogar fora; assim, levou-as ao porão que lhe provocava tanto medo quando menino. A verdade é que ainda sentia um arrepio quando descia as escadas escuras que tempos antes lhe inspiravam os piores pesadelos.

Enric desejava sair de lá o mais rápido possível. Cada vez que os degraus de madeira rangiam, sentia que voltava a ser aquele menino medroso. Enquanto colocava a última caixa na parte mais alta da estante e a movia até a ponta, escutou algo cair no chão.

"Ai, que susto! Era só o que faltava", pensou, enquanto ouvia uma suave melodia sair do objeto.

Desceu da cadeira e viu que o que tinha caído era uma caixinha de música de madeira. Era muito antiga, e parecia ter a estranha capacidade de acelerar seu coração com tanta força que dava a impressão de querer sair do peito.

No interior da caixa, via-se uma pequena boneca de porcelana, que dançava ao som da melodia, além de um crucifixo de madeira avermelhada, que parecia feito à mão.

"O que faz um crucifixo aqui na casa dos meus avós?", pensou.

Não que não tivessem fé em Deus, mas nunca acreditaram naqueles que afirmavam ser seus representantes, e tampouco em símbolos religiosos. Suas ideias eram mais modernas, como as que vinham se desenvolvendo em outros países da Europa. De fato, não havia muitas pessoas como eles em sua época.

Estava prestes a fechar a caixa para dar fim àquela melodia abafada, dando-lhe um tom ainda mais inquietante. De repente, encontrou um papel amarelado escondido no interior do objeto. Pegou a folha, muito curioso, com cuidado para evitar rasgá-la. Quando a desdobrou, foi como se o aroma do passado lhe abrisse as portas, com a inconfundível letra da avó escrita em castelhano, a língua das suas origens, com um misterioso conteúdo. Dizia assim:

Esquecido e proscrito cemitério.
Doze sinos se põem em marcha,
despedindo um outubro de escarcha,
envolvido entre a bruma e o mistério.

Visito a noite dos defuntos,
o leito do meu querido avô,
pois o refúgio que habita no céu
algum dia voltará a nos ver juntos.

Algo acena atrás de mim com um leve zumbido,
o ar não parece mais tão puro.
Atrás de mim emerge um ser sombrio e sinistro,
desafiando este lugar proibido.

Cobertos por um manto de orvalho
e por uma enfeitiçada lua de gelo,
"bonita noite", digo com receio,
paralisada pelo medo e pelo frio.
"É apenas uma pétala mais desta rosa
que cheiro de forma parasitária,
pois para minha agonia centenária,
infinita e inodora é como formosa."

Cabelos longos e um pálido semblante
surgem com um gesto lento e animal.
Sobre uma lousa desliza sua mão
qual marfim de forma lenta e inquietante.

Pronunciando triste seus cinzentos lábios:
"Aqui descansa o corpo de minha esposa,
onde falo com a sua alma, que repousa
longe deste cruel mundo e seus lamentos."

"Senhor...", replico num tom temeroso,
"essa tumba tem mais de cem anos."
"Não existe o tempo sem subir degraus,
sem a promessa de um final glorioso."

Sua voz grave e do além-mundo adverte:
"Não te convém estar aqui, e menos neste dia,
pois a este lugar devo minha própria vida,
o cruel acordar após a morte."

Observando-me com sua gélida tez,
sinto o vazio do mal nos seus olhos,
convertendo os meus em trincos,
e seu bafo como nenhuma outra vez.

O ranger de um galho, um piscar de olho...
Rajadas de vento, as folhas de outono varrem,
nesta noite de feitiço e coven,
onde se perdeu entre o nevoeiro, ou nisso acredito.

Um resquício de vida esquecido,
o amor imperecível e imortal,
do ser errante com destino fatal,
que remexeu um resto de espírito perdido.

Meu avô entre nervos e suspiros,
assegurava janelas e portas,
nos protegendo das almas que sussuravam:
"Nosferatus, vampiros."

Os adultos fingem em suas casas,
os meninos creem um tempo nestas histórias,
para perder, após, suas memórias,
esses contos da noite de bruxas.

Maria Núñez de Quintana, 31 de outubro de 1883

Se o fato de o crucifixo ter pertencido à sua avó surpreendeu Enric, surpreendeu-o mais ainda ela ter escrito algo assim. Além disso, ela não devia ter mais do que quinze anos, e não fazia muito tempo que havia emigrado, proveniente de uma pequena vila do município de Granada. Enric não entendia qual poderia ser o significado de tudo aquilo, mas sabia de uma coisa: sua avó jamais inventava histórias desse tipo.

Sem querer, aquela caixa de música abriu, em seu interior, algo mais que uma antiga tampa de madeira. Abriu um recanto desconhecido nas profundezas do coração da sua avó. Abriu uma curiosidade que não o abandonaria nunca. Por outro lado, também abriu as portas de um mundo escuro e esquecido. Um mundo soterrado pelo passar dos anos, pela ignorância, pela descrença e, sobretudo, pelos interesses daqueles que tinham que esconder os seus próprios pecados.

2

Os primeiros raios de luz que atravessaram a janela do quarto de Enric lhe trouxeram à memória a carta da sua avó. Aquele foi o seu primeiro pensamento do dia. E, ao recordar, pareceu ver a doce expressão dela se enrugar num sorriso, quando o chamava para comer, durante os verões em que se refrescava na fonte da praça com os amigos. Também se lembrou do aroma das sobremesas que ela preparava e do carinho que recebia quando era criança.

Os olhos verdes de Enric ainda não haviam se adaptado à luz do dia. Era muito cedo e fazia frio. Vestiu um casaco grosso e luvas de lã, e saiu de casa. Planejava descobrir algo sobre os acontecimentos dos quais falava a avó naquele papel que ficara escondido durante décadas na caixa de música. Queria saber se podia dar veracidade à história ou se a avó apenas desfrutara de uma adolescência cheia de imaginação, que, em algum momento, abandonou.

A verdade é que não sabia nem por onde começar. Não tinha pistas o suficiente. Mas aquele pequeno relato falava de um cemitério proibido.

Enric nunca ouvira falar de outro cemitério que não fosse o da Casa de Quet, o único que o povoado possuía. Assim, dirigiu-se à camâra municipal para saber se no ano 1883 existia algum outro, e, se fosse o caso, por que era um lugar proibido.

Ao chegar, foi atendido por um homem em torno dos cinquenta anos, de cabelos grisalhos, mas com um bigode preto exuberante, apesar de ligeiramente amarelado pelo tabaco preto que fumava. O homem olhou para ele por cima dos óculos, com os seus olhos pequenos, escondidos sob sobrancelhas espessas e também grisalhas. Pareceu surpreso quando Enric lhe perguntou sobre outro cemitério que não o de Quet.

— E você, jovem, por que quer saber sobre isso? — perguntou, enquanto entrava em um pequeno cômodo do Arquivo sem mostrar grande interesse na resposta de Enric. E claro que Enric não queria ter que dar explicações.

Ao sair, tinha um papel nas mãos. Era um documento no qual apareciam os diferentes cemitérios que existiram ao longo da história de Esparreguera. De qualquer forma, o homem não tinha conhecimento de que aquele tivesse sido um lugar proibido.

— Proibido? Por que o acesso a um cemitério seria proibido? — perguntou, sem tirar o cigarro dos lábios.

Enric encolheu os ombros. Não tinha uma resposta.

— Já devolvo — disse, segurando o documento, enquanto se dirigia à porta de saída, sob o olhar desconfiado do homem. Ao sair da câmara municipal, não esperou nem um segundo para revisar o documento. Sentou-se em um dos bancos de pedra da praça sem tirar os olhos do papel.

Para sua surpresa, não existiu apenas um cemitério no século XIX, mas quatro: o cemitério de Santa Maria del Puig, o Paroquial, o Clos del Consolat e o cemitério da rua do Hospital.

Enric se lembrou de que muitos anos antes, na escola, o professor mencionou que antigamente era comum encontrar cemitérios ao lado de igrejas. Isso explicaria por que Santa Maria del Puig e a Igreja de Santa Eulàlia eram vizinhas aos cemitérios.

Cada cemitério da lista tinha um resumo de sua história, o que pareceu a Enric muito útil e interessante. Anotou no caderno toda a informação que pôde extrair, fazendo um esboço mais pessoal e nítido. Tentou situar os cemitérios no tempo e decifrar qual deles devia ser o possível cemitério proibido que sua avó mencionara.

O primeiro era o da Igreja de Santa Maria del Puig, a antiga paróquia de Esparreguera, ao redor da qual o povoado cresceu, até que a nova Igreja de Santa Eulàlia foi construída, longe da de Santa Maria. Na verdade, a vila inteira já havia se deslocado para a área onde foi erguido o novo templo, e por isso os aldeões precisavam andar vários quilômetros para assistir à missa antes da sua construção.

Além disso, os terremotos que ocorreram no século XV deixaram Santa Maria del Puig muito deteriorada, por isso acabou perdendo importância. Essa era a paróquia do castelo de Esparreguera. O documento assinalava que o cemitério em questão se encontrava perto da Paret del Migdia. Parece que foi ampliada no século XIX, por causa da quantidade crescente de recém-chegados à Colònia Sedó. Seus habitantes foram enterrados nesse lugar até o fim desse século.

O segundo da lista era o cemitério da Igreja de Santa Eulàlia. Enric sempre ficou impressionado com esse edifício do fim do século XV, pertencente ao movimento arquitetônico, o gótico tardio. Possivelmente, o mais icônico da vila. Segundo o documento, o cemitério se encontrava na lateral do templo, onde atualmente se localiza a praça de Santa Eulàlia. Tudo indicava que o cemitério acolhera os restos mortais dos esparreguerins, aqueles que nasceram no município, durante séculos.

O terceiro era o cemitério da rua do Hospital, que teria sido construído como os descritos anteriormente. Ao que parece, o antigo hospital também funcionava como asilo municipal em momentos de pobreza e como pronto-socorro antes da invenção da penicilina. Dispunha de sua própria capela e de seu pequeno cemitério, que se localizava no pátio ou perto da horta. Esse cemitério funcionou até 1835, mas nunca se soube a data exata do seu desaparecimento.

Finalmente, a lista falava do cemitério do Clos del Consolat. Parece que se encontrava situado na periferia. Foi construído em 1836, depois dos estragos da Guerra da Independência. O seu caso é o mais curioso, já que foi fechado no ano 1884. Isso quer dizer que funcionou por menos de cinquenta anos.

Enric encontrou um dado curioso: os quatro cemitérios desapareceram durante o século XIX. Mas não localizou nenhuma referência aos motivos. Isso chamou sua atenção, levando-o a questionar o funcionário público bigodudo quando voltou ao Arquivo para devolver o documento.

— Porque eram muito velhos e quiseram construir um novo — respondeu ele.

Enric saiu do local novamente acompanhado pelo olhar daquele homem, que, mais do que fumar, parecia mastigar o cigarro. Não devia estar muito habituado a receber visitas.

A verdade é que era muito difícil descobrir fatos do passado em Esparreguera. Os arquivos da câmara minicipal ou os eclesiásticos foram praticamente destruídos durante as guerras em que a vila se viu envolvida. Assim, as Guerras Carlistas, a Guerra Peninsular e a Guerra Civil transformaram em cinzas grande parte da história documentada.

Enric percebeu que a pesquisa seria bem mais complicada do que imaginara. Pensou que, se quisesse encontrar respostas, teria que falar com os idosos da vila. "É possível que eles se lembrem de alguma coisa." As histórias costumam ser transmitidas de geração em geração. Se faltavam documentos, essa parecia a melhor opção.

Então, decidiu começar por onde residiam os habitantes mais antigos de Esparreguera: a casa de repouso.

3

Um banho quente depois da dura jornada de trabalho era um dos melhores momentos do dia para Enric. Ele gostava de olhar como a água removia a lama de seu corpo e acabava engolida pelo ralo do banheiro. Não podia evitar recordar aquele filme de terror tão famoso.

Ele ouviu o ruído da torradeira enquanto vestia o casaco. Pegou a fatia de pão e a colocou entre os dentes, enquanto passava os braços pelas mangas. Não queria perder nem um segundo. Sabia que os velhinhos jantavam muito cedo na casa de repouso. Ao chegar, bateu à porta com a mesma intensidade que o seu coração batia de emoção. Mas a emoção desvaneceu-se inesperadamente quando a abriram.

A sua primeira impressão foi de tristeza, que o contagiou praticamente sem perceber. Todas aquelas almas arrastando carcaças envelhecidas pareciam esperar, com resignação, que suas luzes apagassem. Como se a única coisa que lhes restasse fosse atravessar a ponte para a outra vida, onde poderiam recuperar a força e a plenitude que o tempo havia tomado lentamente. Ele não concebia aquela situação com normalidade. Tinha visto os seus pais cuidarem dos seus avós até a morte.

Inventou que precisava fazer um trabalho de história para a universidade. De qualquer forma, não parecia atrapalhar a enfermeira. Provavelmente porque aqueles idosos recebiam menos visitas do que na realidade gostariam. Qualquer distração ou possibilidade de se sentirem úteis seria boa para eles. Logo iniciou uma conversa com um simpático grupo de idosos que ainda conservavam a capacidade de raciocínio e costumavam se reunir no jardim da casa. Apesar do tema impróprio, perguntou pelo cemitério que a avó mencionara em seu relato. Mas só alguns afirmaram ter ouvido falar de um cemitério desaparecido fazia muitos anos, talvez buscando desfrutar da companhia de quem estivesse disposto a escutá-los. E, como Enric queria saber de todos os detalhes que pudessem ajudá-lo, perguntou se recordavam as histórias de terror que ouviam durante a infância.

O problema é que entre aqueles idosos não havia nenhum que chegasse aos setenta anos, enquanto a carta da sua avó era muito mais antiga. Portanto, quando achou que não conseguiria obter mais nada dos velhinhos, aproximou-se de um grupo menor, com idade mais avançada. Eram os poucos idosos octogenários que moravam na casa e, ao ouvirem as perguntas indiscretas de Enric, pareciam sentir um verdadeiro prazer através daqueles olhares perdidos. Especialmente quando ele perguntou por histórias de seres que teriam voltado da morte.

De qualquer forma, era praticamente impossível arrancar uma só palavra, sobretudo da sra. Francesca, que fez o sinal da cruz e deu três beijos no colar pendurado em seu pescoço. Mas a pior reação foi a de uma mulher que devia ter quase noventa anos. Parecia uma das almas mais solitárias que residiam na casa. De fato, nem parecia estar escutando quando Enric falava com os outros idosos. Tinha uma longa cabeleira branca e encrespada e um rosto muito bem conservado apesar das rugas que o tempo lhe dera.

Enquanto Enric falava, ela tinha o olhar perdido no vazio. De repente e sem motivo aparente, começou a gritar e gemer como se fosse uma garotinha. Enric não sabia porque ela reagira assim, mas lhe pareceu que aqueles gritos eram de medo e de dor.

As enfermeiras a levaram para algum lugar do recinto, com doces palavras para que se acalmasse.

— Calma, Gina, estamos aqui para ajudar — diziam, enquanto alguns idosos se desviavam dela e tocavam a testa com o dedo, dando a entender que a mulher não estava bem da cabeça.

— Não se culpe, moço, não tem nada a ver com você. Esta não bate bem desde pequena. Dizem que com cinco anos parou de falar e não voltou a dizer uma só palavra em toda a sua vida — comentou, com um sorriso sem dentes, um dos primeiros velhinhos que ele tinha conversado.

Enric pensou que era uma pena que os únicos idosos com mais de oitenta anos, como Gina ou Francesca, se encontrassem num estado de saúde tão lamentável. Era bem provável que pudessem tê-lo ajudado alguns anos antes. Mas naquele momento parecia impossível tirar alguma informação de suas memórias. Tinham até a capacidade de falar afetada.

Enric estava prestes a ir embora, não sem um certo remorso por ter feito Gina chorar. Mas a verdade era que sua curiosidade começava a aumentar. Já estava quase saindo quando viu aquele homem. Num rincão. Sentado à ombreira da morte e desafiando-a com a mesma determinação com que devia ter vivido toda sua vida. Parecia ter mais de cem anos, o rosto marcado por uma longa jornada e o olhar fixado na lareira, que parecia estar há muitos anos sem funcionar. Na verdade não precisava; o fogo ardia em seu olhar. Se existia um pouquinho de vislumbre de realidade nas palavras da avó de Enric, aquele homem tinha de saber algo. Ele já devia ser adulto quando ela escrevera aquelas palavras. Depois que a enfermeira informou o nome dele, Enric aproximou-se, inconscientemente, com um respeito muito superior ao que tivera com os outros idosos.

— Sr. Pius — chamou, hesitando. — Meu nome é Enric.

Naquele momento, reparou que lhe faltava o braço esquerdo. O idoso nem olhou para ele, então Enric decidiu ser direto.

— Encontrei uma carta escrita pela minha avó há muitos anos. É um relato que fala de vampiros. Conhece histórias de vampiros?

Naquele momento conquistou a sua atenção. O sr. Pius o encarou de forma tão intensa que faria os demônios mais atrevidos voltarem para o inferno. Naquele olhar, não se lia o medo da sra. Francesca nem do restante dos idosos. Era como se o homem já tivesse desafiado a morte em inúmeras ocasiões e a tivesse olhado diretamente nos olhos. Depois de observar Enric durante uns segundos, sua expressão rígida se suavizou um pouco e ele lhe disse num tom condescendente:

— Há coisas que é melhor não saber, meu jovem.

Uma faísca de emoção incentivou Enric a formular uma segunda pergunta:

— É possível que tenha existido um cemitério proibido aqui na vila?

— Sim, durante um tempo. Depois desapareceu — respondeu com muita lucidez, considerando a idade que tinha.

— Mas na câmara municipal não havia informação sobre isso.

— Na câmara...? Do que eles sabem?! — contestou.

— E onde ficava esse cemitério? Descobri que existiram vários antes do atual.

O idoso arqueou a sobrancelha e olhou fixamente para Enric durante alguns instantes, como se pudesse ler sua mente, o que fez o jovem se sentir ligeiramente intimidado. O homem crispou os lábios e respondeu com um tom misterioso:

Partindo da estrada de cinzas,
um novo céu irá te acariciar.
Imortalizada a alma terna
Gozará do campanário a tocar.

— Está se referindo ao cemitério paroquial? O que se encontrava na praça de Santa Eulàlia... Não, espere, no final do século XIX já devia estar em desuso, se já não tivesse desaparecido. O campanário... tem que ser o de Santa Maria del Puig, a antiga igreja da vila. — Enric tinha certeza de que adivinhara. O sr. Pius Domènech parecia satisfeito com a resposta e, num tom mais amável, elogiou:

— É um rapaz muito esperto. E posso sentir a pureza das suas intenções.

— Por que era um lugar proibido? — perguntou sem saber direito a que se referia. — Por favor, sr. Pius — continuou —, é importante para mim saber se o que a minha avó escreveu era real. Ela nunca inventava histórias, muito menos desse tipo. Sei que o avô dela morreu em 31 de outubro, porque ia visitar o túmulo todos os anos nesse dia. Minha avó gostava muito do avô — comentou Enric, depois de uma pausa. — Tanto quanto eu dela. Mas nunca falou de cemitérios proibidos, nem de vampiros. Na realidade nem sei onde ele foi enterrado. Sinceramente, nunca nem tinha pensado sobre isso. Sr. Pius, o que tinha nesse cemitério?

O rosto dele pareceu ficar mais tenso, e, com um olhar rígido, respondeu:

— Você tem certeza de que quer conhecer a vila em todos os seus detalhes?

Enric assentiu.

— Está bem, jovem, mas fique de olho em cada passo que dará a partir de agora. Não confie em ninguém. Tome, segure isto — disse, pedindo que pegasse um anel branco de sua mão. — Irá protegê-lo.

Enric não sabia o que queria dizer com aquilo, nem por que recebeu aquele estranho anel. Mas não ousou perguntar nada. Afinal, já estava conseguindo o seu objetivo.

— Agora, escute bem e com muita atenção — ordenou o sr. Pius, enquanto parecia entrar nos rincões mais escondidos da sua própria alma.

Mas nunca se aproxime do lugar
onde o mal observa o povo,
não se o sol já tiver se posto.
Todos temem o nobre.
Onde se ergue o antigo castelo
rios de sangue sobre nós vertido,
Com fogo incendiado pelo povoado,
história nossa para confessar.

Sr. Pius ficou em silêncio de repente, e Enric escrevia no seu caderno tão rápido quanto possível, sem entender nada.

— Castelo, que castelo...? — indagou, repetindo uma das palavras que mais tinha chamado a sua atenção.

— As ruínas do castelo que reina invisível sobre o ponto mais antigo da vila — explicou, com energia. — Era lá que se escondia o mal.

— É onde eu tenho que ir para encontrar respostas? — perguntou Enric tentando trazer luz à conversa.

A expressão do homem mudou, e se voltou um pouco menos feroz:

Montserrat quer vingança,
ele cultiva a horta.
Sempre alerta, não descansa,
todos mortos, sem exceção.
Rugia o camponês com desesperança,
essa é a sua arma mais poderosa.

Sua enorme mão agarrava com força uma bengala que tremia de lembranças.

— Sr. Pius, por que não está com a sua família? — perguntou, sentindo pena por ver o homem preso entre as paredes da casa de repouso.

— Não, a matança... a matança da rua Madoz foi...

Sem perceber, a demência senil apagou as suas palavras e o seu olhar. Por sorte, Enric teve tempo de anotar tudo aquilo que havia escutado, apesar de não saber se tinha algum sentido. O jovem não ia se render. Era óbvio que o homem sabia de muito mais coisas, e o seu objetivo era convencê-lo a contá-las.

4

Enric acordou muito cedo em um sábado de março para ir trabalhar. Tinha decidido voltar à casa de repouso assim que terminasse o expediente. A jornada foi dura, mas finalmente o campanário anunciou as duas da tarde. Assim, aprontou-se rapidamente para deixar a olaria de Estanc, onde trabalhava.

— Quanta pressa para ir embora hoje! — exclamou seu chefe, Pepet Vidal.

— Sim, hoje sim. Explicarei depois — disse, andando de costas em direção à saída, enquanto Pepet gesticulava com o braço, como se não ligasse a mínima, mastigando um palito de dente como sempre.

A verdade é que Enric e tantos outros deviam muito ao sr. Vidal. O chefe ofereceu trabalho quando as coisas estavam difíceis e ensinou para eles o ofício de artesão, muito popular ao longo dos séculos em Esparreguera.

Quando chegou de novo à casa de repouso, inconscientemente começou a alternar o peso do corpo, de uma perna para outra.. Como se quisesse entrar antes que abrissem a porta, para não perder nem um décimo de segundo.

— Mais perguntas para o trabalho da universidade? — questionou a enfermeira, enquanto abria a porta e observava as mãos de Enric que estavam sujas de lama. — Parece que a nota final vai ter que ser compartilhada com os idosos da casa. Não é? — comentou ela, dando uma piscadinha.

— Sim, bom, hoje só preciso falar com o sr. Pius Domènech.

— O sr. Pius...? — questionou, diminuindo o sorriso até se desvanecer. — Pois é uma pena. Chegou tarde, menino. O sr. Pius morreu esta madrugada.

Enric ficou gelado; não sabia o que dizer.

— É mesmo...? Sinto muito — conseguiu vocalizar finalmente. — Bem, então é melhor eu ir embora.

Naquele momento, Enric pensou que não teria uma segunda oportunidade. O sr. Pius havia morrido e levado com ele todos os segredos que escondia sob o seu olhar de ferro. Já estava saindo quando a enfermeira o chamou da outra ponta da sala.

— Espere, menino... — disse, aproximando-se de Enric. — Quase esqueci. O sr. Pius deixou isto para você.

— Para mim? — reagiu ele, com surpresa. — Tem certeza? Olhe, eu não sou família. Eu só...

— É claro que não. Nem você nem ninguém. O sr. Pius não tinha família. Ele sabia que você voltaria e deixou claro que tínhamos que entregar somente a você. Era muito teimoso, sabe? Coitadinho... — disse com um tom mais nostálgico. — Era como se soubesse que tinha chegado a sua hora.

A enfermeira colocou nas mãos de Enric um pequeno baú de madeira pintado de preto. Parecia muito antigo. A parte metálica que o rodeava e a fechadura eram dourados. Ao abrir, viu que o interior era revestido com um suave tecido vermelho. Dentro repousava uma chave de ferro pequena, mas pesada, apesar do tamanho.

— De onde é esta chave? — perguntou à enfermeira.

— É para mim que pergunta? — disse, enquanto encolhia os ombros. — Aquele homem nunca explicava nada. Trabalho aqui há dez anos e não sei de praticamente nada da vida dele. Então, se você não sabe... — disse, enquanto Enric olhava com atenção para a chave.

A verdade é que não sabia o que pensar. Naquele momento, tinha nas mãos uma chave misteriosa que não sabia o que podia abrir. Além disso, o sr. Pius havia falado muitas frases sem sentido. O que mais chamou sua atenção foi o que ele disse sobre a "matança da rua Madoz". Enric estava convencido de que o sr. Pius devia ter tido alguma razão para lhe deixar tudo aquilo.

5

Enric tinha cosciência de que a inspiração é uma bênção que nem sempre está disposta a nos visitar. É preciso encontrar as condições ideais para consegui-la, mas às vezes ela aparece por capricho para iluminar o cérebro e, de repente, o que estava mergulhado na escuridão é visto com clareza. Foi isso que aconteceu em uma tarde enquanto se encontrava imerso em si mesmo, lendo e relendo os poemas que não pareciam dizer nada. Sua mente viajava para fora daquele pequeno cômodo, de pé-direito alto, o ar trazendo uma fragrância primaveril através das janelas.

Num movimento inconsciente, correu a caneta sobre o seu diário de cima para baixo. Em algum momento, o cérebro recebeu a informação de que aquelas letras tinham um sentido. Enric deu um salto da cadeira, visivelmente emocionado. Leu o resto dos versos do sr. Pius, e percebeu que também diziam algo. Tudo isso tinha dado um giro de 180 graus na história e parecia que agora o vento soprava ao seu favor. O sr. Pius parecia ter deixado uma mensagem oculta. Enric reparou que as primeiras letras de cada uma das frases, em catalão, podiam significar alguma coisa:

Mas nunca se aproxime do lugar
onde o mal observa o povo,
não se o sol já tiver se posto.
Todos temem o nobre.
Onde se ergue o antigo castelo
rios de sangue sobre nós vertido,
Com fogo incendiado pelo povoado,
história nossa para confessar.

Montserrat quer vingança,
ele cultiva a horta.
Sempre alerta, não descansa,
todos mortos, sem exceção.
Rugia o camponês com desesperança,
essa é a sua arma mais poderosa.

"Montorch" e "Mestre". Enric estava certo de que era uma pista, já que, quando lhe pediu pela localização do cemitério, o idoso incorreu no mesmo jogo, dando-lhe o endereço exato, no seu original em catalão:

Partindo da estrada de cinzas,
um novo céu irá te acariciar.
Imortalizada a alma terna
Gozará do campanário a tocar.

Puig. Santa Maria del Puig. A antiga paróquia da vila até a construção da Igreja de Santa Eulàlia. Enric não sabia o que o sr. Pius queria dizer com as outras duas palavras. Mas o certo é que precisava fechar os olhos e descansar. Tinha sido um dia muito longo e fatigante.

6

A chuva caiu com força durante a noite de 21 de abril, e as ruas cobertas pelas nuvens tinham se transformado em poças que Enric não podia evitar no caminho até a câmara municipal. Ele procurava as pistas servindo-se da informação a que tinha acesso.

As suas perguntas se perderam na obscuridade. Não havia informação nenhuma nos arquivos. Mas aquele funcionário bigodudo, ao notar o interesse de Enric por averiguar coisas do passado, aproveitou para falar de um homem que poderia ajudá-lo: Josep Puig i Jorba. O sr. Puig dedicou toda a sua vida à coleção de objetos antigos. Objetos que pegava das ruínas dos lugares mais emblemáticos da vila, das obras que eram erguidas, quando cavavam o subsolo, e esses elementos arquitetônicos eram destruídos por circunstâncias diversas. Ou seja, o que para as outras pessoas era somente lixo, para ele era peça de colecionador.

Enric bateu à porta da casa do homem. O sr. Puig abriu no mesmo instante e, no momento em que Enric disse o que desejava, concordou em atendê-lo sem hesitar.

A casa era muito antiga e estava repleta de objetos decorativos como cerâmica, metal da Guerra Civil, uma invejável coleção de fotografias antigas do povoado, entre outras coisas. Enric chegara havia poucos instantes, mas já sabia que a visita seria proveitosa. Não era difícil adivinhar que, se não fosse por aquele homem, grande parte de toda a história estaria perdida.

— Sr. Puig, poderia falar sobre os castelos de Esparreguera e de Espases? Eu não sabia que existiam até pouco tempo — disse Enric, enquanto admirava a figura metálica de um Rei Mago, com uma abertura para introduzir as cartas das crianças do século XIX que esperavam ansiosas por um presente.

— É muito comum entre os habitantes de Esparreguera a crença de um castelo localizado na zona conhecida como a planície del Castell — começou ele, enquanto se sentava numa poltrona de leitura que parecia ser muito cômoda. — Possivelmente seja verdade, porque lá se encontram os restos de uma torre romana, e as pessoas creem que são as ruínas de um castelo. Mas aquela zona se chama assim porque o proprietário das terras tinha esse sobrenome, Castillo. Realmente os dois castelos que existiram em Esparreguera ficavam em ambos os lados do rio Llobregat, sobre o desfiladeiro do Cairat. Os dois castelos foram construídos com um objetivo: a luta contra os sarracenos e a defesa da Marca Hispânica. O mandato e a jurisdição dos castelos sempre estiveram ligados — falou o sr. Puig, muito emocionado. — Os castelos datam de 985, conforme documento entregue pelo cavaleiro Guillem d'Esparraguera, um nobre cuja esposa Emma fora sequestrada durante o assalto de Al-Mansur, na sede de Vic, ao se unir à batalha ao lado do conde Borrell II. É possível que os castelos tenham sido construídos muito tempo antes. Naquela época, a posição estratégica que ocupavam era muito importante. Tempos depois, quando a fronteira se trasladou ao Gaià, no final do século X, e já não estava na linha de frente do conflito, as construções perderam parte dessa importância estratégica e se converteram em uma posição de retaguarda.

O sr. Puig fez uma pausa para beber água e continuou:

— A Abadia de Montserrat conservou a propriedade do castelo durante séculos até o isolamento e a extinção do poder eclesiástico.

Enric escutava atentamente, mas tinha a habilidade de não fixar a sua atenção em um só ponto. Enquanto o sr. Puig falava, ele observava ao redor e analisava detalhadamente tudo o que o atría. Naquela casa havia muitas coisas para contemplar. O que mais chamou a sua atenção foi um pedaço de pedra vermelha com as letras "TO" em uma das estantes.

— O que é isso, sr. Puig? — perguntou, quando o homem tinha acabado de explicar a história dos castelos.

— Desenterrei isso na região onde ficava o antigo cemitério de Puig. É um pedaço de algum túmulo antigo.

A princípio, Enric não foi capaz de conectar as ideias, mas, quando chegou o momento de perguntar se conhecia o significado da palavra Montorch, pela primeira vez o homem não demonstrou convicção na voz.

— Eu acho que se tratava de um nobre que viveu há muitos séculos no castelo de Esparreguera. Talvez fosse algum vassalo. Mas não tenho como confirmar essa informação. As pessoas diziam que havia um documento onde ele era mencionado, mas não vi tal coisa. Pode ter sido destruído na Guerra Civil.

O mais curioso é que, enquanto pronunciava essas palavras, se levantou da cadeira e virou o pedaço de lápide para que as letras "TO" não pudessem ser lidas.

— Olhe isso — disse o sr. Puig, agarrando um livro da estante. — Se precisar de mais detalhes sobre os castelos, pode encontrá-los aqui.

Enric observou o livro atentamente, enquanto o sr. Puig recitava o conteúdo praticamente de memória:

— O castelo de Esparreguera está situado na margem direita do Llobregat. Apenas a pequena parte de um muro no estilo romântico, que poderia ter sido de uma sala, foi conservada. Não há informação fidedigna. Alguns creem que esse muro poderia ser um fragmento da muralha de defesa, muito comum na época de construção do castelo. Mas eu descarto essa possibilidade. O castelo estava muito bem conservado até praticamente o século XV. É possível que os sismos daquele século, inclusive os que aconteceram no século XVIII, o tenham deixado muito danificado. Posteriormente, os habitantes podem ter aproveitado as pedras do castelo para a construção da colônia. Eu acho que, se já estavam lá, não precisaram buscar em outro lugar.

"No ano 1942, construiu-se um depósito de água no mesmo local onde se encontrava o castelo, atrás do único muro que ainda ficava em pé. Ao contrário da crença geral, as ruínas não foram destruídas com essa nova construção, porque naquele momento não havia nada mais além do muro mencionado. Isso não quer dizer que a história tenha se perdido com a construção do depósito. Na escavação, foram descobertas peças de cerâmica que datam do século XV, as quais eu pude encontrar e conservar. Estão ali na prateleira — disse, dando uma piscadinha. — Tenho conservada uma pintura da região do Llobregat onde se encontra a colônia hoje em dia e onde aparece o castelo. A tela data do século XVIII e poderia ser o único testemunho da sua fortificação antes de desaparecer quase totalmente. Como se isso não bastasse, com a construção do depósito, que nunca foi utilizado, também destruíram um silo de pedra que posteriormente apareceu nas escavações. Eu pude vê-lo pessoalmente. Não é estranho que estivesse lá, porque todas as construções da época tinham um para guardar alimentos como cereais.

"As peças de cerâmica que estavam atrás do muro, o silo que apareceu durante a escavação e a pintura reafirmam o fato de que o castelo devia estar nesse lugar. Então, o muro conservado não formava parte de nenhuma muralha de defesa. Por outro lado, não há na tela nenhuma muralha ao redor do castelo."

O sr. Puig virou a página onde se encontrava a informação do castelo de Espases.

— Olhe. — Apontou para a fotografia de uma construção no alto de uma colina. — O castelo de Espases se encontrava na outra margem do Llobregat, mas infelizmente não se conservou praticamente nada. A única construção original são os restos de uma parede que segue pelo perfil superior de um penhasco e parte de uma torre. Também se conservou um muro românico. O castelo estava acoplado a uma rocha sobre um penhasco. Dispunha de uma visão estratégica excelente. Lá no alto resguardava o bem-estar do povo acompanhado da montanha de Montserrat e os seus lugares mágicos.

Enric lembrou-se de que o sr. Pius chamara o castelo de Espases de "o próprio inferno". Por outro lado, o livro contava que o castelo de Esparreguera teve mais importância do que o de Espases a partir do século XII. Basicamente, era mais apto a uma vida senhorial. Maior e mais acessível. Parecia que o castelo de Espases ficara em desuso depois de ser descartado até como elemento defensivo. Mas a capela ganhou relevância, a ponto de o conjunto arquitetônico ficar conhecido como Capela de Sant Salvador de Espases.

Enric processava essa informação, assim como a anterior, e muitas outras perguntas invadiram a sua mente em poucos segundos. Por que o sr. Pius situou Montorch no castelo de Espases? O que fazia um nobre em um castelo em ruínas onde somente se conservava a capela? Não seria mais coerente pensar que os antigos documentos estavam errados ao situar a residência do nobre no castelo de Esparreguera?

A segunda pista do sr. Pius era a palavra "mestre". Nesse momento, Enric não sabia ao que se referia. Mas pela primeira vez um raio de luz começava a iluminar o caminho que parecia estar oculto atrás dos arbustos da história.

7

Enric caminhava pela rua Grande com passo ligeiro. Ele tinha acordado bem cedo para comprar pão e outras coisas na loja do Llàser. Eles tinham uns grãos-de-bico deliciosos. A manhã estava fresca, mas era possível sentir a primavera onde o sol iluminava. Chegando à rua do Taquígraf Garriga, alguma coisa trouxe a voz do sr. Pius como um eco: "A matança da rua Madoz."

A Pascual Madoz era a atual rua do Taquígraf Garriga. Enric sabia disso porque o nome mudara somente vinte anos antes e as pessoas ainda a chamavam de Madoz. O rapaz se perguntava o que o sr. Pius queria dizer com a tal "matança". Observava a normalidade da rua desde o cruzamento. Uma mulher vestida com uma bata varria a entrada e parte do meio-fio na frente da sua casa; os homens falavam de futebol a poucos metros dele; coisas cotidianas. Perguntava-se que segredo essa rua poderia esconder.

Ele sabia que a rua Madoz existia desde a metade do século XIX, quando as casas mais antigas deviam ter sido edificadas. Foi por isso que resolveu ficar próximo à rua a fim de procurar pistas, testemunhos ou indícios que pudessem ajudá-lo. A ideia era tentar falar com a pessoa mais velha do lugar ou a que morasse lá por mais tempo. "O que tenho a perder? Até o momento funcionou", pensou.

Certamente, os acontecimentos lhe foram favoráveis dessa vez. A casa da sra. Dolors ficava naquela rua, e sua porta estava aberta. Enric a conhecia desde que era criança.

A sra. Dolors ficou muito contente ao vê-lo. Sempre foi muito amiga da mãe de Enric, e ele era a única lembrança daquela amizade da qual sentia saudade. Convidou o rapaz para tomar café e comer biscoitos. Enric confiava o suficiente nela para não ter que esperar o momento oportuno para fazer as perguntas.

— Por acaso a senhora sabe quem está há mais tempo morando nesta rua?

— Claro, é a Hermínia, sem dúvida.

— Hermínia? — perguntou, arqueando as sobrancelhas com a xícara de café nas mãos. — Quantos anos ela tem, mais ou menos?

— Pelo menos uns noventa.

A emoção e o choque fizeram com que Enric derrubasse o café em suas calças.

— Caramba! — disse, e se levantou da cadeira. — Sra. Dolors, onde ela mora? Tenho algumas perguntas que somente essa senhora pode me responder — afirmou, enquanto ela tentava limpar a mancha de suas calças com um pano úmido.

— Sinto muito, Enric. Hermínia não sai de casa há bastante tempo. Não sei se tem capacidade de responder a nada. Eu sei que a sobrinha, Marina, toma conta dela. Parece ser uma menina encantadora, mas não a conheço muito bem.

— Entendo... E onde a senhora disse que ela mora? — perguntou, sabendo que a senhora não havia lhe respondido ainda.

— É a casa mais antiga da rua. Fica de esquina com a rua principal.

Enric se despediu da sra. Dolors e dos seus biscoitos açucarados, e se dirigiu ao local indicado.

A casa era realmente antiga, como a maior parte dos imóveis daquela rua. Não havia campainha, portanto, teve que bater à porta duas vezes com os nós dos dedos. O som das batidas reverberava. A casa devia ser muito grande.

Demoraram para abrir a porta, mas Enric esperou pacientemente porque podia escutar barulho no interior. Quando a porta se abriu, seu olhar encontrou com o de uma jovem de cabelos lisos e louros. Os olhos dela eram de um castanho precioso como as amêndoas e pareciam ter a capacidade de congelar o próprio inferno. Enric ficou imóvel por alguns instantes. A jovem de pele branca e pouca estatura abriu um leve sorriso tímido enquanto esperava as primeiras palavras de Enric, que parecia estar abobalhado. Pensou consigo que talvez Deus tivesse desenhado o sorriso dos anjos nela para que as pessoas pudessem saber como eles realmente são.

É certo que não estava vestida de forma elegante. Usava um vestido com listras brancas e azuis, muito comum no trabalho doméstico, e tinha os cabelos presos em uma trança. Enric nunca havia sentido esse nervosismo irracional.

A primeira coisa que ele fez foi se apresentar, estendendo a mão. Quando encostou naquela pele tão suave como a seda, sentiu um formigamento deliciosamente desconhecido. Enric não sabia o motivo, mas achou que ela devia ter sentido a mesma coisa quando seus olhos se encontraram pela primeira vez. Sem saber como, o sorriso da jovem fez com que tudo ao redor se tornasse cinza.

Enric, inclusive, esqueceu o motivo pelo qual se encontrava naquela casa. O sr. Pius, os vampiros... O mundo inteiro parou enquanto contemplava a moça à sua frente.

— Eu… gostaria de fazer algumas perguntas se não se importar.

A jovem não desconfiou dele. Convidou-o para entrar pelo corredor onde havia a fotografia de um casal e uma menina. A menina era ela, sem dúvida. Tinha os mesmos olhos.

— Vamos, vamos — disse, passando à sala de jantar.

— Muito obrigado. Não quero atrapalhar, mas acho que podem me ajudar. Gostaria de falar com a sra. Hermínia.

A jovem convidou-o para se sentar à mesa da sala e serviu biscoitos e café. Enric não sabia como poderia digerir tudo. Já havia comido bastante na casa da sra. Dolors. Reparou no antigo mobiliário da casa. Tudo poderia ser tão antigo quanto a sua própria, exceto um timão de madeira pendurado na parede que não combinava com o resto. Claramente, a pessoa que o pendurou lá devia gostar muito desse timão.

— Como é possível que não nos tenhamos visto pela vila? — Enric se perguntou em voz alta.

— Eu saio pouco. A saúde de minha tia é muito precária, e sou a única pessoa que ela tem neste mundo. Meu nome é Marina.

— Muito prazer, Marina. Meu nome é Enric.

Enric e Marina falaram durante um bom tempo. A conversa foi surpreendentemente espontânea, como se aquele não fosse o primeiro dia que se falassem. Enric poderia passar o dia todo na companhia dela. Mas, de repente, uma pergunta trouxe-o à realidade.

— Como a minha tia pode ajudar você?

Enric não pretendia falar sobre vampiros com Marina. Então improvisou como pôde.

— Estou coletando dados históricos da vila, então tenho falado com os moradores mais velhos. Você sabe; eles viveram mais tempo. Poderia fazer algumas perguntas a ela? Serei muito breve.

Marina aceitou. Enric percebeu que ela não sabia dizer não. Mesmo assim, advertiu-o de que possivelmente as respostas não seriam coerentes. A memória de Hermínia ia e vinha de tal forma que poderia tanto encontrar um baú cheio de lembranças quanto uma consciência vazia.

Marina o acompanhou até o quarto de sua tia no andar superior. Enric ficou abobalhado por alguns segundos, enquanto observava os sutis movimentos da sua cintura ao subir. Quando reparou na sua atitude descarada, envergonhou-se. Não porque não tivesse feito isso antes, mas, por um motivo desconhecido, achava que Marina devia ser respeitada.

O quarto onde descansava Hermínia estava cheio de bonecas de porcelana. A ordem e o esmero eram extremos.

A luz que atravessava a janela se cravava sobre o corpo imóvel da velha, que estava sentada numa cadeira de balanço. Penteava seus longos cabelos brancos e lisos. Diante desse cenário e do sorriso perdido de Hermínia em alguma época melhor, Enric pensou que não conseguiria muitas respostas. Mas precisava tentar.

— Olá, sra. Hermínia, me chamo Enric.

— Louvado seja Deus, jovem — respondeu, inesperadamente lúcida.

Os preâmbulos não eram a especialidade de Enric. Além disso, não queria perder uma nova oportunidade, como acontecera com o sr. Pius. Então, foi direto ao assunto.

— A senhora sabe alguma coisa sobre a matança que aconteceu nesta rua? — perguntou, assumindo que tenha sido um fato verídico.

— Você viu? — retrucou ela como se não houvesse ouvido palavra nenhuma.

— O quê, sra. Hermínia? — perguntou, olhando para os lados.

— Marina olha para você de soslaio. Acho que ela gosta de você — disse com uma voz aguda e um sorriso travesso.

Enric se virou e observou Marina, dobrando roupa no quarto que ficava no fundo do corredor. Seus olhares se cruzaram de novo, trocando sorrisos. Nesse momento, a moça entrou em outra sala. Sem saber como nem por quê, aquele detalhe daria a Enric um pequeno momento de felicidade que o acompanharia pelo resto do dia.

— O que você quer saber sobre a matança? — perguntou Hermínia de repente, sem perder o sorriso.

— O que a senhora puder me contar...

— Foi um deles. Deixou um cenário sangrento. Terrível. Os meus irmãos foram vítimas. Eu nasci algum tempo depois — disse com um tom de voz mais baixo, enquanto continuava a pentear a ponta dos cabelos.

— Um deles? De quem a senhora está falando? — perguntou Enric, pensando que a velha estava se confundindo com outro episódio da sua longa vida.

— Os demônios. Minha mãe contou que foi um jovem que morava na metade dessa rua, deste mesmo lado. Quando despertou de seu leito de morte, levou os inocentes. Um sobrevivente o reconheceu, sem dúvida. Os demônios toleram melhor a luz quando acabam de acordar e estão com muita sede. Por isso foram surpreendidos. Minha mãe dizia que, se eu não me comportasse, eles também viriam por mim. Mas, tudo bem, agora eles nos protegem.

— Quem nos protege?

— Os meus irmãos e os inocentes que morreram.

De repente, começou a repetir uma espécie de cântico que presumivelmente conhecia desde que era criança:

— Crianças de Esparreguera, sejam boas e sejam fortes, porque os inocentes de pedra nos protegem dos mortos-vivos.

Repetiu essa frase muitas vezes enquanto se balançava com o olhar perdido, quando Marina entrou no quarto.

— Eu te avisei. A lucidez vem e vai — disse, enquanto colocava uma almofada atrás da cabeça dela com muito cuidado. — Ela cuidou de mim quando os meus pais morreram. Vivíamos em Barcelona.

Marina o acompanhou até a saída. Hermínia tinha que descansar.

— Muito obrigado por tudo. Eu gostaria de voltar a vê-la em breve. Passei um tempo muito agradável conversando contigo — disse Enric, sem perceber o que acabara de fazer. Marina enrubesceu um pouco e fechou a porta sem dizer mais nada. Não foi preciso; o seu sorriso falou no lugar.

Enric ficou parado em frente à porta da casa por um tempo. Olhava para cima com a esperança de Marina passar pela frente da janela. Em vez disso, reparou em um detalhe. Era uma figura esculpida em pedra justamente embaixo da varanda do segundo andar. A escultura representava uma criança de olhar triste, envolvida por folhas e flores. Enric olhou para as outras varandas da casa. As pequenas esculturas enfeitavam todas elas. Contou cinco. Três se situavam de frente para a rua Taquígraf Garriga e outras duas davam para a rua principal.

A princípio, não deu importância, mas, à medida que caminhava, voltou a ver figuras parecidas em outras varandas da mesma rua.

"Curioso, nunca reparei nisso." Então reagiu: "Meu Deus! Os inocentes de pedra, a matança da rua Madoz. E se essas figuras foram esculpidas em honra dos inocentes mortos nesse episódio?"

Enric buscou durante toda a tarde esculturas como aquelas em outros lugares da vila. Não as viu em nenhum lugar, exceto nas casas da rua principal, a poucos metros da rua Taquígraf Garriga. Talvez lá vivessem as vítimas que brincavam com os vizinhos.

Mas isso não era a única coisa que intrigava Enric. No centro da rua, acima de um portal, estava esculpida a cabeça de um animal. Um morcego. Um morcego diabólico com as presas muito acentuadas.

Pensou que era perfeitamente possível que as gerações anteriores tivessem esculpido a lenda nas fachadas das suas casas para se lembrar daqueles que perderam a vida.

É certo que aquele tipo de escultura era muito próprio do classicismo. Em Barcelona, encontram-se muitas delas. Talvez, alguns pensem que os barceloneses que têm segunda residência na vila acrescentaram essas esculturas durante os anos 1820 simplesmente como ornamentos. Só que as esculturas foram instaladas depois da construção dos edifícios. Não era estranho encontrar as esculturas só nessa rua? Não havia mais barceloneses com gosto pela arte em todo o povoado? Ou será que as esculturas foram esculpidas por aqueles que perderam os filhos como prova de sua dor?

Os inocentes de pedra: a matança que consistiu na cruel morte de um grupo de crianças, entre as quais estavam os filhos do sr. Pius, que deviam estar brincando na rua. Eles foram surpreendidos por um vampiro que acabara de despertar de sua própria morte, sedento de sangue e mais tolerante à luz, porque estava se adaptando à sua nova natureza. É por isso que pôde surpreendê-los ao pôr do sol.

8

O domingo, dia 7 de maio, começou como todos os outros. Enric nunca sentia nada de positivo aos domingos. Podia já sentir o fim de semana se encerrando e a volta à rotina. Ele gostava mais da sexta-feira ou do sábado. Gostava da sensação de ainda ter tempo para desfrutar das pequenas coisas que o faziam feliz. Além disso, acordou com dor de garganta.

Ao engolir o leite quente, alguma coisa sugeria que naquela tarde teria febre e que seria preciso ficar de repouso. Mas aquela manhã seria diferente. Havia decidido ir à missa para conversar com o padre Garcia.

Era bem provável que a igreja, devido à sua posição naquela época, tivesse conhecimento da existência de seres que representavam o mal. Alguém devia ter recorrido a eles. Com a impossibilidade de encontrar mais informações nos arquivos da câmara municipal, Enric tinha a esperança de que a paróquia ainda conservasse algum registro.

Sentou-se na última fileira de bancos enquanto esperava que o tedioso ritual acabasse. Mas isso não impediu que padre Garcia o visse. A vantagem ou desvantagem de viver numa vila pequena é que praticamente todo mundo se conhecia.

Padre Garcia sabia que Enric não era fã de ir à missa. Cansou de perguntar a ele:

— Enric, quando você vai vir à missa? A vida não é só diversão. Nosso Senhor gosta que nós nos lembremos dele.

E, quando já o considerava um caso impossível, lá estava Enric. Sentado entre os fiéis.

Finalizada a missa, o rapaz se aproximou ao mesmo tempo que as idosas do lugar agarravam a mão do padre para pedir que ele rezasse pelos familiares enfermos e coisas assim. O padre as olhava de soslaio.

Quando por fim foi a sua vez, padre Garcia disse:

— O que você faz na casa do Senhor, Enric? Finalmente entendeu que ele ilumina o nosso caminho? Está com problemas e não sabe a quem recorrer? Não sinta vergonha, muitas pessoas buscam ajuda espiritual quando estão desesperadas.

— Padre, eu não estou buscando a Deus. Eu estou buscando o senhor. Acho que pode me ajudar.

— Eu? — contestou, surpreendido e um bocado decepcionado pelo comentário. — Então, em que posso ajudar?

— Gostaria de saber se vocês conservam algum tipo de arquivo antigo aqui na paróquia. Preciso de informação sobre o passado da vila.

— Você perguntou na câmara municipal?

— Evidentemente. Mas parece que os arquivos foram destruídos durante as guerras.

— Certo. Na Guerra da Independência, os franceses quiseram se instalar em Esparreguera para descansar depois de perder a Batalha do Bruc. Os esparreguerins, que não podiam aceitar aquilo de maneira nenhuma, os enfrentaram valorosamente. Lançaram todos os tipos de objetos e água fervendo pelas varandas. Mas os franceses voltaram e houve grandes represálias: morte, violência e queima dos nossos arquivos. Aqui você não irá encontrar mais do que na câmara municipal.

Em outro momento, a Guerra Civil trouxe à vila um grupo de arruaceiros que destruíram tudo o que tivesse a marca de Deus. A Cruz de Termo foi destruída. Na Sant Salvador de Espases, perderam também um magnífico quadro gótico que representava diferentes momentos bíblicos, como a anunciação. Mas o que fizeram nesta igreja... Você não pode imaginar a beleza que se perdeu no dia em que aqueles exaltados entraram aqui. — Nesse instante, a expressão do padre mudou de tristeza para orgulho. — A igreja é gótica, preciosa. Mas antes também tinha uma requintada ornamentação renascentista em seu interior que deixava as pessoas de boca aberta. E o altar? O altar! Feito de mármore, majestoso. E, além disso, tinha o melhor órgão do país, esculpido em madeira. Uma pena — disse com autêntica paixão, apontando para os lugares onde se situavam esses tesouros perdidos. — Tudo foi queimado e destruído. Evidentemente, os arquivos tampouco puderam ser salvos.

— Padre, alguma vez escutou histórias de vampiros?

— De vampiros? Sim, todo mundo já escutou essas bobagens. Mas sei que não está muito interessado nelas.

— Estou falando de histórias de vampiros reais.

— Você está doente da cabeça? — levantou a voz. — Vampiros reais? Menino, você está maluco. Levante-se, saia da casa de Deus com as suas histórias de demônios e volte quando tiver a firme convicção de se confessar e salvar a sua alma, Enric.

Enric ficou vermelho. Não queria que ninguém soubesse o motivo da sua visita à igreja. As pessoas que ainda estavam no templo olhavam para ele com desprezo por ter irritado o padre. Não gostava de ser o centro das atenções. Mas havia um homem de sessenta anos, baixinho e muito magro, de expressão perspicaz. Estava muito bem-vestido e barbeado, e não parecia julgá-lo. Inclusive, se a sua intuição não falhava, e não costumava falhar, o olhar dele o delatou. Era só uma sensação, mas parecia que aquele homem sabia exatamente do que ele falava.

Enric não o conhecia e sequer o tinha visto pela vila. Mesmo assim, parecia que era um homem culto. Porém, não uma pessoa que se pode definir como culta por conseguir manter conversações interessantes.

Era muito mais que isso. Enric era um jovem muito observador. Concentrava-se em detalhes concretos nos quais as pessoas não prestavam atenção. Não precisou de muito tempo para saber que aquele homem tinha uma elegância singular. Não só pela forma de se vestir (sua postura denotava certa distinção), mas também pelo modo como tirou um lenço do casaco, deixando a impressão de ser uma pessoa refinada.

À tarde, ficou refletindo sobre o assunto. Quanto mais pensava, mais seguro estava de que aquele homem poderia ajudá-lo. Precisava encontrá-lo. Se fosse preciso, esperaria por ele no próximo domingo, ao final da missa.

9

Enric tinha a cabeça nas nuvens e não desceria de lá tão facilmente. Esticado no sofá, sem vontade de fazer outra coisa a não ser rever aquele momento, perguntava-se como era possível que um fato tão simples conseguisse tornar aquele dia um dos mais felizes da sua vida.

Como fazia cada tarde desde que morava sozinho, foi ao mercado municipal bem cedo para comprar frutas e suprimentos para casa. Tinha esse costume desde que era criança e acompanhava a mãe. Para ele, a atmosfera do lugar apresentava certo encanto, ajudando a manter os vínculos entre os habitantes e criando outros. A partir daquele dia, o mercado e a sua localização seriam um ambiente ainda mais especial.

Dirigiu-se ao posto onde normalmente comprava frutas. Como era habitual, estava cheio de gente. Arnau tinha maçãs verdes fantásticas, então resolveu comprá-las. No momento em que ia pegar uma, a mão direita foi inconscientemente para uma maçã que chamou a sua atenção. Quando a tocou, outra mão pegou a fruta antes dele, sem poder evitar o contato. A surpresa foi descobrir que a mão era de Marina.

— Olá! — disse, surpreso. — Desculpe. Não te vi. Pegue a maçã.

— Olá. Você é Enric, certo? — perguntou, sem olhar para os seus olhos.

Na realidade, Enric não gostou muito do fato de Marina ter dificuldades para recordar o seu nome, apesar de que poderia estar fingindo. Parecia ser uma moça tímida.

— Tudo bem? Comprando algumas frutas? — disse, pensando que era um imbecil por ter feito uma pergunta tão evidente.

— Que anel bonito — respondeu ela, observando a mão que acariciou a sua, onde levava o anel que tinha ganhado do sr. Pius.

— Você gosta? Foi um presente. Como está a sra. Hermínia?

— Ultimamente não muito bem. É uma idosa. Não quis falar do motivo da sua visita.

— Sério? Você deve estar bastante intrigada.

Marina acenou com a cabeça e sorriu.

— Eu posso explicar, se você quiser, enquanto tomamos um café ou damos uma volta. Nesta época a vila tem lugares muito bonitos.

Marina não respondeu no primeiro momento. Mas a vermelhidão das suas bochechas e um sorriso cúmplice indicaram a Enric que essa era a sua grande oportunidade.

— Posso buscar você no domingo às cinco?

Marina acenou e partiu com a bolsa vazia. Sem dizer nada. A verdade é que não era preciso. Enquanto ela partia rapidamente sem levantar os olhos do chão, Enric respirou fortemente para acalmar os nervos. Num instante, encheu os pulmões de ar e o coração de felicidade.

Depois que Marina partiu, ele viu um homem no posto da frente que o olhava de soslaio. Era alto e magro, de pele escura, os ossos do rosto salientes e o nariz aquilino. Tinha uma profunda cicatriz na bochecha direita e vestia um casaco largo cinza que não aquecia muito. Parecia que acabara de voltar da guerra. Quando Enric olhou para ele, o homem virou a cabeça rapidamente e apanhou o primeiro objeto que encontrou, para disfarçar. Mas não prestou mais atenção. Enric tinha a cabeça das nuvens e sonhava acordado, e não voltaria à realidade facilmente.

10

Eram oito e meia da noite. Na rua de Sant Ignasi, viam-se inúmeras pessoas que passavam um agradável entardecer de sábado. Muitas delas vestiam suas roupas mais elegantes, flores que adornavam a nova estação. Das varandas das tabernas, onde muitos bebiam e fumavam, ouviam-se muitas vozes. Por isso, a rua chamava-se Paralelo, como se fosse a própria Barcelona. Era o seu pequeno "paralelo".

Enric gostava muito de se sentar e tomar uma boa xícara de café. Impregnava-se tanto daquele ambiente festivo que na maior parte das vezes o café esfriava e era incapaz de bebê-lo.

Enquanto fotografava mentalmente um grupo de pessoas que conversava na frente do edifício do banco La Caixa, apareceu um homem de aspecto familiar. Era o mesmo que observava de maneira diferente na igreja. Havia se passado uma semana, porém Enric tinha registrado, em sua mente, a expressão daquela pessoa.

"Olha! Não será preciso esperar até amanhã à saída da igreja."

Isso era um alívio, pois, se o padre Garcia voltasse a vê-lo por lá, perguntando por histórias de vampiros, poderia ter problemas.

O homem se vestia com o mesmo estilo dos barceloneses ricos que se arrumam para ir ao Liceu. Vinha pela rua de Sant Ignasi com a cabeça erguida. Também parecia desfrutar do ambiente festivo. Seguiu pela rua do Taquígraf Garriga, a antiga rua Madoz, e se perdeu entre as pessoas que esperavam para entrar no teatro do Ateneu. Enric se levantou e resolveu segui-lo para falar com ele. Era o momento.

A silhueta do homem se perdia na escuridão do passeio do Ateneu. Possivelmente, ele também estava indo ao teatro. Um edifício fantástico, construído no início do século para satisfazer a necessidade de um local social e cultural na vila. Dali saíram grandes atores, fruto dessa larga tradição. Um dos orgulhos da vila era a representação da *Paixão*, à qual dedicaram muito tempo e esforço.

Quando chegou ao teatro, Enric percebeu que aquele homem se perdeu no meio da multidão que não queria se atrasar para a estreia da peça.

Não tinha pensado em ir ao teatro naquela tarde, mas, para conseguir respostas, deveria mergulhar até o fundo. Qual era a pior coisa que poderia acontecer? A intuição falhar? O pobre coitado não saber nada sobre se na vila existiram vampiros, bruxas, fadas ou extraterrestres? Não havia problema, pelo menos tiraria aquilo da sua cabeça. O não ele já tinha.

Enric subiu as escadas exteriores até chegar à pequena janela da parte esquerda do edifício para comprar um ingresso. Lá dentro, olhou em busca do misterioso personagem. Ele guardava a esperança de que o homem não estivesse na zona dos camarotes, pois, com a sua entrada, não teria acesso. Mas não foi assim. Ele estava sozinho numa mesa, com duas cadeiras mais. Precisava aproveitar o momento.

— Posso me sentar aqui? — perguntou Enric.

— Sem problema, jovem — respondeu ele, sem poder dissimular completamente o seu desconforto.

Enric estava seguro de que o homem não o havia reconhecido. Naquele momento não se atreveu a dizer nada mais. Tinha a esperança de que em algum momento olhasse para ele e dissesse alguma coisa. Ou qualquer coisa que fosse para começar a falar. Mas não disse nada. Parecia muito concentrado na peça. De qualquer forma, o homem percebeu que Enric o observava. Para acabar com aquela situação, sem tirar os olhos do cenário, disse:

— Você não acha que Lola Lizaran é uma atriz maravilhosa?

— Claro! É a minha atriz preferida — disse Enric, para agradá-lo.
— Não se lembra de mim? — perguntou, impaciente.

Naquele momento, enquanto estava acendendo um cigarro, o homem dedicou-lhe um segundo pela primeira vez.

— Sim! Você é o rapaz que irritou o padre Garcia. Não ligue para ele; é um bom homem, porém devoto demais para entender as histórias das quais você falava.

— E o que você acha dessas histórias?

— Acho que deve ser mais discreto se quiser conservar a cabeça — respondeu ele, enquanto a fumaça do cigarro se perdia na infinidade do teto do teatro.

Enric não esperava essa resposta. Ficou sem palavras por um instante, se perguntando se esse homem estava louco ou não. Então o indivíduo perguntou:

— Onde você escutou essas histórias?

— Encontrei uma carta antiga da minha avó.

Sua resposta captou a atenção do homem.

— Uma carta da sua avó? De quando é?

— Data do ano 1883. Além disso, conheci um homem que provavelmente deixou uma série de pistas. Enigmáticas e interessantes. Porém, morreu antes que eu pudesse voltar a falar com ele. Tenho certeza de que escondia muitos segredos. Chamava-se Pius Domènech. Não sei por quê, mas eu acho que você pode me ajudar. Estou certo? — disse isso com um tom de voz alto demais, tanto que na mesa ao lado pediram silêncio. O seu acompanhante estava ligeiramente incomodado, olhando para ambos os lados.

— Você entende o significado da palavra "discrição"? Vamos fazer o seguinte — disse em voz muito baixa. — Amanhã, às duas da manhã, espere por mim na Santa Eulàlia. Não se esqueça de trazer a carta da sua avó. Entendido?

— Entendido — respondeu Enric, muito satisfeito, apertando a sua mão. — Sou Enric.

— Raül... Raül de la Vega.

Como já conseguira o que queria, Enric saiu do local diante dos olhares das pessoas que pediam silêncio e das quais agora ele tapava parte do cenário enquanto vestia o casaco.

11

Enric contava as horas daquela tarde que não passava. Parecia que o relógio da sua avó marcava o passo dos segundos mais forte do que nunca. Havia olhado para ele tantas vezes quanto já havia se olhado no espelho.

Saiu de casa completamente nervoso. As pernas tremiam tanto que tinha medo que Marina percebesse, e não podia evitar que as mãos começassem a suar.

“Vamos, Enric! Tudo ficará bem, você pode lidar com isto e com muito mais.”

Certamente, Enric sentia a falta dos conselhos dos seus pais numa ocasião como esta.

Chegou à casa de Marina dez minutos antes das oito. Decidiu esperar para bater à porta até que a torre da igreja anunciasse a hora em ponto. Enric duvidava que o som dos sinos era mais forte do que do seu coração.

Marina abriu a porta. Usava um vestido escuro, muito refinado. Os seus cabelos estavam molhados, sem a trança habitual. Os sapatos também eram pretos e elegantes. Os seus olhos cor de mel brilhavam, e enquanto tentava esconder o sorriso, parecia esperar um comentário por parte de Enric.

— Que elegante! — disse enquanto o coração batia tão forte que parecia que ia sair do seu peito para vê-la mais de perto.

— Sério? Há muito tempo que não usava este vestido. Ultimamente, estou muito atarefada... Aliás, não posso voltar muito tarde, tenho que preparar o jantar para a minha tia.

— Compreendo, sem problemas — disse, oferecendo o braço para iniciar o passeio.

A verdade é que Enric ficou muito contente. O fato de ter se arrumado significava que para ela o encontro também era importante.

Passaram boa parte da tarde sentados no Cafè l'Estrella, conversando amenidades. Mais tarde, Enric reparou que era capaz de contar coisas à menina que só conseguia falar com quem tinha muita confiança. O tipo de coisa que contava a amigos de longa data. Enric e Marina, pelo contrário, eram dois desconhecidos que não tiveram tempo de ganhar essa confiança. Mas nada disso importava. Então, Enric falou daquilo com que estava obcecado atualmente: a carta da avó e o seu conteúdo. Embora tivesse jurado a si mesmo que não o faria para não assustá-la.

As horas passavam rápido. Depois do café, foram passear pela vila sem rumo nem direção. Passaram na frente de uma rocha muito próxima à Igreja de Santa Eulàlia. Enric contou que seu pai lhe dissera, quando era criança, que aquilo era um dragão convertido em pedra.

— Você gosta muito de histórias fantásticas, Enric. Você não poderia estar imaginando tudo isso sobre os vampiros? Talvez você imagine coisas irreais para ver a vida com um pouquinho mais de emoção.

— Não, Marina. A história é real; estou convencido. Você não conhecia a minha avó. Nunca inventaria algo assim. Eu vou provar para você algum dia.

— Você é um rapaz muito decidido. Só tenho um sonho: passar o verão perto do mar.

— O mar...? — repetiu ele, com uma expressão de quase ignorância. — É muito bonito, sim, mas só o vi uma vez, à noite. Eu sou do interior e quase não saí da vila.

— É incrível. Não há nada como se sentar na areia dourada e deixar que a espuma das ondas acaricie a sua pele.

— Você herdou esse gosto dos seus pais, certo?

— Sim. Como você sabe?

— Não é difícil de deduzir levando em conta o seu nome. Além disso, na parede da sala de jantar, vi um timão de madeira que não combinava com o resto da casa da sua tia. E no corredor há uma moldura de madeira branca adornada com estrelas-do-mar e a fotografia de um casal jovem e uma menina. Os seus pais, acho. Imagino que vocês moravam perto do mar e, quando eles morreram, você foi obrigada a vir para cá.

A luz da lua iluminava o sorriso inocente de Marina, e o seu olhar brilhava de forma quase mágica. Parecia impressionada.

— Você é muito observador, Enric.

— Muito bem — disse, pegando a sua mão. — Prometo que farei tudo o que for possível para que o seu sonho também se torne realidade.

Marina pareceu tomar a palavra dele como um gesto de cumplicidade, sem dizer nada.

12

Eram duas da manhã, e a figura pequena do sr. de la Vega rompia a luz dos postes com o seu passo lento. Para Enric, foi uma satisfação muito grande poder vê-lo. Não acreditava muito que ele compareceria ao encontro. Sabia que existia a possibilidade de que quisesse se livrar dele no teatro. Quando Enric chegou, o homem foi direto ao ponto, sem cumprimentá-lo:

— Você trouxe a carta?

— Sim, aqui está — disse, tirando a carta do bolso do casaco. O sr. de la Vega a examinou, sentindo a textura e o cheiro.

— Parece muito antiga, evidentemente. O negócio é o seguinte: se eu lhe der provas sobre o que você está buscando, você terá que me dar a carta.

— A carta da minha avó? — retrucou, surpreso. — Para mim tem um grande valor sentimental e...

— Rapaz — interrompeu-o o homem —, o lugar para onde você vai não pode ser conhecido por todo mundo. Deve se sentir um privilegiado por essa oportunidade, possivelmente é a única forma de encontrar o que você está buscando. O que me diz? — perguntou, tragando a fumaça do cigarro e a expulsando pelo nariz.

— Está bem. Mas só se isso trouxer informações valiosas. Não quero histórias vagas e confusas. Só quero provas que demonstrem que tudo isto é real. Caso contrário, não há negócio. Está claro?

— Não vou decepcioná-lo. Apenas prometa que você nunca desceu até lá, não sabe de sua existência e não falará com ninguém. Está certo?

— Do que estamos falando, sr. de la Vega?

— Estou falando do tesouro mais valioso que existe nas entranhas da vila.

— Compreendo. Não se preocupe.

Caminharam durante mais de vinte minutos com passos ligeiros. A casa dele era muito longe. Ele deixou certa distância entre ambos durante todo o trajeto, e não falou absolutamente nada.

Finalmente chegaram. A casa era antiga. A fachada e o exterior estavam um pouco descuidados, ao contrário do seu interior perfeito. Apresentava ordem e gosto por arte antiga que indicavam certa categoria.

Depois de entrarem, o sr. de la Vega abriu uma passagem secreta, que Enric não poderia encontrar sozinho, atrás de uma estante repleta de fotografias. Supôs que fora construída com essa intenção.

Envolvidos em escuridão e umidade, desceram por escadas de pedra. O sr. de la Vega levava um lampião muito antigo para abrir caminho no corredor claustrofóbico através da penumbra. No pé das escadas, havia uma pequena porta de madeira envelhecida que não parecia esconder nada extraordinário, julgando as suas dimensões. Quando a porta se abriu, descobriram uma sala escura que pouco a pouco ia ficando cada vez maior, pela qual ele acendeu velas posicionadas estrategicamente. Dessa forma, a sala ficava iluminada o suficiente para se enxergar corredores repletos de estantes de madeira com livros e documentos muito antigos.

Enric olhava para cima e para baixo, abobalhado. Os corredores pareciam infinitos. Havia livros até onde Enric não podia ver, até onde a escuridão os devorava no horizonte, embora o sr. de la Vega tentasse resgatá-los das sombras para mostrar a ele.

Era impossível ver o limite. Em um canto da sala havia uma mesa e uma cadeira da época vitoriana que antigamente formaram parte do mobiliário de uma casa aristocrática. Enric pensou que a família do sr. de la Vega devia ser muito influente.

— Quantos livros! De onde veio tudo isto?

— Não esperava por isso, não é? — disse, orgulhoso e sem nenhuma intenção de responder a sua pergunta. — Esta biblioteca tem tesouros autênticos, rapaz. Nem a própria biblioteca de Alexandria poderia superá-la. O que você está buscando exatamente? — perguntou, ficando sério de repente.

— Você sabe. Vampiros. Estou convencido de que existiram de verdade e de que viviam na nossa vila.

O sr. de la Vega o olhou fixamente com os seus minúsculos olhos. O jogo de sombras provocado pela escassa luz do lampião distorcia a forma das suas sobrancelhas, transformando sua expressão em algo ainda mais inquietante e feroz. Nesse instante, cruzou os braços e disse, inclinando-se para a frente:

— Os vampiros existem. — Enric esperava escutar aquelas palavras, mas não conseguiu evitar sentir um calafrio. — O que mais você quer saber sobre eles?

— Tudo o que você souber, a origem deles... tudo.

— A origem deles? Quem pode saber? Há somente lendas, e elas, inclusive, estão praticamente desaparecidas. Ouviu alguma vez falar sobre a Lágrima do Sol Negro? — A expressão de ignorância de Enric fez com que continuasse. — Os relatos que circulavam quando eu era criança eram muito confusos. Apesar de tudo, vou contar o que os meus ancestrais me transmitiram. Você tem que compreender que hoje em dia essas lendas já estão mortas e enterradas.

"Ao que parece, o berço da Lágrima do Sol Negro se encontraria em poder de bruxas que viveram na Antiguidade, no final do século XVIII ou início do XIX. Essas bruxas viviam afastadas da vila, provavelmente nas Cavernas del Salnitre de Collbató, onde ainda hoje há lendas de bruxaria e feitiços. Supõe-se que elas utilizavam a magia ao redor da sua zona de influência, incluindo o desfiladeiro do Cairat. Os cultos pagãos despertaram o medo entre os habitantes de um povoado que eram influenciados cada vez mais pela Igreja católica. Provavelmente, as bruxas eram originárias do Val d'Aran e estavam impregnadas pela cultura pagã dos cátaros."

O homem prosseguiu:

— Olhe a data da carta da sua avó, 31 de outubro. Os celtas, a cultura pela qual os cátaros também foram influenciados, acreditavam que nesse dia os mortos voltariam para o mundo dos vivos, então deixavam presentes para que eles não levassem suas almas. Essa é a origem da festa de Halloween, que conhecemos por influência americana através da herança dos irlandeses emigrados lá. Mas a realidade é que o nascimento dessas crenças está aqui, no velho continente.

"Para eles, a noite do dia 31 de outubro é muito importante, porque os poderes pagãos se multiplicavam de forma improvável. Os aldeões não passavam perto de onde as bruxas veneravam as suas falsas divindades e praticavam magia negra. As pessoas diziam que os habitantes da vila contavam histórias aos filhos para que não se afastassem, porque senão desapareceriam sem deixar rastro. Diziam que as bruxas eram as responsáveis, até que um dia resolveram acabar com elas definitivamente. Tudo coincide com o início da Santa Inquisição durante o reinado de Aragão no século XIII. Como você já deve saber, a perseguição à bruxaria é um fato histórico. Por isso, acho que as histórias dos meus antepassados não estavam muito distantes dos fatos.

"A vila resolveu atacar as bruxas em um dia enevoado, para que ninguém fosse visto facilmente desde o desfiladeiro. Todos pegaram varas e tochas para afogar a maldade no fogo purificador. Porém, nesse dia houve um eclipse. Segundo as crenças antigas, os filhos do inferno se moviam sob o feitiço da lua. Igualmente, o fogo era considerado um pedaço do sol que purificava e assustava as almas escuras. É por isso que as bruxas foram condenadas à fogueira, da mesma forma que Deus envia os infiéis ao inferno, onde o castigo é o fogo purificador. Ainda assim, aqui na Catalunha, o meio utilizado para eliminá-las era o enforcamento. Mas essas bruxas eram bruxas de verdade, poderosas demais para serem levadas à forca. Em dia de eclipse, o sol desaparece, assim como a proteção que ele traz. Era nesse momento em que elas podiam fazer os feitiços mais poderosos que você possa imaginar. As bruxas sabiam disso e aproveitaram o aumento do poder para fazer um último encantamento.

"Quando a escuridão conquistou o céu, os aldeões ouviram um trovão que fez a terra tremer e, em seguida, escutaram as gargalhadas das bruxas. O silêncio reinou entre eles enquanto esperavam impacientes pela volta do sol, que chegou pousando o seu braço sobre o desfiladeiro, na forma de um raio de luz de esperança. Quando a luz foi suficiente, eles as viram pela primeira vez. No lugar onde as bruxas estavam, quando a escuridão engoliu o sol, havia rochas gigantes e de formas inquietantes, com a silhueta dessas mulheres. Desde então, o lugar recebe o nome de Bruxas Encantadas ou Oráculo das Bruxas.

"Apenas alguns corajosos se atreveram a ir até os pés do monumento à bruxaria. Foi quando a encontraram: uma preciosa rocha de cristal escurecido, parecido com o quartzo esfumado, em forma de uma lágrima. Os aldeões achavam que as bruxas a deixaram ali para amaldiçoar a vila. Que todo tipo de desgraças cairia sobre eles com toda a raiva do demônio: pestes, más colheitas, qualquer coisa... Ninguém quis destruí-la porque temiam consequências piores e decidiram afastá-la da vila o quanto pudessem.

"Os anos se passaram, e a vila desfrutou de relativa tranquilidade. Cada véspera do solstício os habitantes acendiam fogueiras para assustar os espíritos das bruxas. Alguns diziam que elas voltavam a passear durante a noite mais curta do ano. Muitos e muitos anos depois, um novo sacerdote de Montserrat que leu muito sobre alquimia e ciências ocultas conheceu a história e se interessou pela Lágrima. Alguns dizem que esse sacerdote pertencia a um antigo grupo de adoradores do Diabo que procurava pelo cristal. Outros contavam que ele tinha sido transformado pela cobiça. O sacerdote achava que as bruxas concentraram todo o seu poder na Lágrima antes de se converterem em pedra. A desculpa dele era que quem tivesse a pedra e os conhecimentos necessários para o seu uso poderia se transformar em um inimigo muito perigoso.

"Na realidade, o sacerdote achava que quem tivesse a Lágrima poderia convocar os espíritos das bruxas, que voltariam ao mundo dos vivos para ajustar contas e recompensar quem as fizeram voltar. De fato, ele achava que esse era o objetivo das bruxas quando criaram a rocha, além de evitar a morte na fogueira. Assim, não morreriam, só estariam adormecidas. Eu acho que o sacerdote queria a Lágrima, mas não para evitar males maiores, mas para possuir o seu poder. É por isso que enviou um dos seus guerreiros mais fiéis, um homem da linhagem nobre que trabalhava para ele e morava no castelo de Esparreguera. O nobre servia ao sacerdote de Montserrat e tinha a sua aprovação para utilizar todos os meios que fossem necessários para encontrar a Lágrima. Um deles era extorquir as pessoas que soubessem de alguma coisa e não quisessem falar. Eu juraria que aquele homem finalmente a encontrou. Possivelmente, devia estar em um país estrangeiro ocupado pelos otomanos. Segundo os meus estudos baseados nos documentos que tenho, a Lágrima esteve escondida por muitos anos nas entranhas de uma das sete maravilhas do mundo antigo."

— Não diga mais nada... No Coliseu! — disse Enric em um impulso, tentando se fazer notar. O sr. de la Vega não pareceu gostar da interrupção, e respondeu um bocadinho pedante.

— Menino, você devia passar algumas horas entre estas paredes. Estou falando de uma das sete maravilhas do mundo antigo. O anfiteatro Flaviano não é uma delas.

— Anfiteatro Flaviano? — perguntou em voz baixa para não voltar a incomodar.

— Anfiteatro Flaviano é o nome original do Coliseu, chamado assim porque estava ao lado do Colosso de Nero, uma estátua gigante feita de bronze em honra ao imperador romano que hoje em dia está desaparecida. As sete maravilhas do mundo antigo eram as seguintes: a pirâmide de Gizé, os Jardins Suspensos da Babilônia, o farol de Alexandria, o Colosso de Rodes, o Mausoléu de Halicarnasso, o templo de Ártemis e a estátua de Zeus em Olímpia.

Enric escutava sem dizer mais nada para não estragar a explicação. O senhor continuou:

— Entre estas paredes conservo um documento que menciona a busca da Lágrima em uma dessas sete maravilhas, dominada naquele tempo pelo Império Otomano. Tendo em conta esses dados e a época, acredito que o homem tenha encontrado a Lágrima sob as ruínas do Mausoléu de Halicarnasso, localizado na cidade de Caria, atual Bodrum, na Turquia. Se isso é certo, imagine a tarefa, praticamente impossível, que esse homem fez e que não era para todos. A antiga Caria já era nesse tempo uma terra de famosos mercenários. E esse homem, guerreiro cristão, mergulhou num país sob o domínio otomano para levar consigo uma relíquia pagã com o perigo que trazia. Esse deve ter sido o motivo real das suas viagens.

"Foi nesse ponto que deve ter ocorrido o conflito entre ele e a Igreja. Possivelmente, estava embriagado de poder e se negou a entregar a Lágrima ao sacerdote. Em resposta à sua insubordinação, foi acusado de heresia e possessão demoníaca. A vila voltaria a ser a ferramenta que a Igreja precisava. Os habitantes de Esparreguera voltaram a se apinhar para que o mal não tomasse o controle da vila. O resultado foi a morte do guerreiro no próprio castelo de Esparreguera. Está documentado que o castelo ficou muito deteriorado nesse século. Acho que o motivo tem a ver com a onda de ódio que passou por ele, não o terremoto que aconteceu na mesma época.

"Passados os anos, a vila viu nascer novas lendas em torno dela. As pessoas diziam que o nobre tinha sido visto nos arredores do castelo depois da sua morte. Uma morte que rondaria a vila por séculos. Comentava-se que o nobre, quando conseguiu a Lágrima, dirigiu-se ao Oráculo das Bruxas. Era a noite do solstício, e os espíritos fizeram-se presentes. O nobre solicitou às bruxas a vida eterna, e estas, em troca, pediram vingança. Uma vingança que consistia na eliminação das almas dos seus juízes. Para assegurar o cumprimento, converteram o nobre em um escravo do sangue. Ou seja, num vampiro. Uma criatura que caminha pela penumbra sugando o sangue dos vivos e também as suas almas, transformando-os em seres diabólicos.

"As lendas de vampiros circulavam pelo continente há séculos. É possível que o feitiço fosse usado por outros bruxos tempos atrás. Sendo que o nobre só poderia realizar a vingança durante a noite, porque o poder das bruxas não podia lutar contra o sol. Sem o sol, a vida não existe; ele é o autêntico Deus.

"As lendas também falam de um livro de feitiços que as bruxas esconderam antes de se converterem em pedra. O nobre também deve ter encontrado esse livro e as invocado com a Lágrima do Sol Negro. A abadia, por sua vez, descobriria muito tempo depois que a origem de tudo foi a vingança de um guerreiro centenário que se alimentava do sangue das pessoas que o executaram por heresia.

"Os sacerdotes de Montserrat tinham que encontrar uma solução discretamente. Não podiam permitir que todos soubessem que as mortes foram fruto do desejo de um antigo sacerdote que pretendia assumir o poder de uma relíquia pagã e que a queria com tanta força que estava disposto a matar por isso.

"Em relação aos adoradores do Diabo, eles continuaram procurando a Lágrima durante séculos. Uns dizem que eram membros de uma minoria curda, acusada historicamente pelos muçulmanos de adoração ao Diabo. É muito provável que essa acusação fosse feita a todos que pertencessem a uma religião diferente. Mas é possível que alguns dos seus membros mais antigos tenham sido, sim, adoradores do demônio. Um fato importante que compreenderam mais tarde é que se consideravam filhos de Adão, mas não de Eva. Seja como for, a religião data de 2000 a.C. e há quem acredite que tenham sobrevivido ao Islã todos esses séculos. São muito fortes. Você compreende que deve ser discreto, não é? Não imagina o que está oculto por trás de tudo isso."

— Sr. de la Vega, o nobre das lendas... o seu nome poderia ser Montorch?

Uma expressão de surpresa tomou o rosto do homem.

— Subestimei você, rapaz. É muito aplicado. Onde escutou esse nome?

— O idoso de quem falei. As pessoas diziam que tinha 107 anos quando morreu. Chamava-se Pius Domènech, não sei se o conhecia.

— Claro que conhecia aquele antissocial, mas de onde você o conhecia? — perguntou, intrigado.

— Na verdade, eu o conheci no asilo. Parecia um homem muito misterioso. Quando perguntei sobre os vampiros, não foi claro. Mas, com o tempo, descobri que deixou mensagens no meio de um emaranhado de palavras que não fazem muito sentido.

Enquanto falava, Enric mostrou o que o sr. Pius lhe dissera pouco tempo antes de morrer. Ou seja, as palavras-chave Puig, Montorch e Mestre.

— É muito interessante. De verdade, essas palavras fazem todo o sentido do mundo. Ele sabia que não podia proferi-las sem mais nem menos.

— Sr. de la Vega, você sabe se o tal Montorch foi um personagem real? — insistiu, sem dizer nada sobre a chave e o anel que o sr. Pius deixou para ele. Não havia um motivo concreto, simplesmente preferiu não mostrar todas as suas cartas.

— Montorch é o nome de um personagem lendário que se acredita ter vivido entre os anos 1488 e 1525. Os idosos falavam de um barão, mas a sua origem é totalmente desconhecida. Além disso, a baronia do castelo de Esparreguera era muito mais antiga que a época do tal Montorch. Naquele tempo, o castelo era propriedade da abadia de Montserrat. Possivelmente, na origem, a sua linhagem fosse nobre, mas acho que a sua tarefa no castelo era a de guarda. Mesmo assim, estou seguro de que ele é o nobre do qual falam as lendas. Mas esse nome parece não ter a sua origem onomástica na Catalunha.

"Alguns dos documentos do antigo sacerdote da Abadia de Montserrat menciona brevemente alguém chamado Arnull Monfort que morava no castelo de Esparreguera. Monfort trabalhava para eles e podia morar lá, enquanto cuidava das terras. O documento menciona também alguns monges que serviam no castelo. Possivelmente, as tarefas de Monfort foram muito importantes, mas não há mais referências sobre ele em nenhuma parte. Pode ser também que fosse um daqueles adoradores do Diabo que posteriormente traiu o seu líder.

"A lenda também fala do barão Montorch. Poderia se tratar do mesmo Monfort, e que ele trocou o seu sobrenome por algum motivo desconhecido. Pode ser que quisesse dar um tom mais feroz ou inclusive ocultar o seu passado. Também existe a possibilidade de que o seu nome tenha se transformado com o passar do tempo na boca do povo que tanto medo tinha dele, ainda mais quando se converteu em demônio."

— Esses documentos podem ser encontrados na biblioteca da abadia?

— Não. A biblioteca também sofreu as consequências das guerras — respondeu, com um sorriso enigmático. — Mas alguns homens tentaram salvar livros e documentos importantes. Entre esses homens, houve um antepassado meu. O legado dele se encontra aqui, entre estas paredes.

— Isso significa que você tem esses documentos?

— Sim, senhor, o amor pelos livros e o legado histórico que vêm de uma longa tradição familiar. Aqui também há documentos eclesiásticos que pertencem à história de Esparreguera. Estão bem protegidos das chamas que fizeram sucumbir o arquivo da paróquia durante a Guerra da Independência e a Guerra Civil.

— Então, supõe-se que assim se originou tudo?

— Pense que tudo isso é só a ponta do iceberg. Era o que as pessoas sabiam, mas a realidade é muito mais complexa. Eu leio muito. Livros de todo o mundo — disse, apontando para os exemplares das estantes. Alguns eram tão antigos quanto a própria vila. — Os livros são a minha vida.

Em seguida, levantou-se da cadeira e apanhou do alto da estante um livro antigo com capa negra, envolto em uma nuvem de pó. O sr. de la Vega o segurava como se fosse um bebê. Enric não pôde ler o título devido à má conservação da capa. Abrindo o livro lentamente, o homem explicou:

— Este é um dos meus tesouros mais preciosos. Os sábios da antiguidade acreditavam que o vampirismo era contemporâneo ao nascimento da humanidade.

Enquanto dizia isso, abriu em uma página onde havia uma figura feminina de extraordinária beleza. O seu torso estava seminu e tinha um cabelo longo e ruivo. Ao redor dela, havia uns símbolos desenhados que Enric desconhecia. Sob a imagem havia um nome, Lilith.

— Quem é? — perguntou Enric com curiosidade.

— Se você busca a origem, segundo os sábios é ela. Lilith, a mãe de todos os amaldiçoados. Trata-se de uma personagem lendária. Segundo culturas como a hebreia e a mesopotâmica, Lilith é a primeira mulher de Adão e foi criada à imagem e semelhança de Deus. Isso provocou enfrentamentos entre eles, porque ela não aceitava ser submissa em relação a Adão. Era uma mulher livre, tão livre que abandonou Adão e o Paraíso para encontrar o seu lar no mar Vermelho. Lá, converteu-se em uma criatura maligna. Alguns acreditavam que fornicava com os demônios; outros, que se converteu numa bruxa. Terceiros afirmam que essa criatura de beleza imponente foi realmente a primeira vampira e a mãe de todos eles. Se isso for certo, significa que o vampirismo é realmente mais antigo do que quando as bruxas uniram os seus poderes místicos para realizar aquele feitiço. Os filhos de Lilith são chamados de Lilim, os vampiros. Uns dizem que foram fruto da união demônios; outros acreditam que os Lilim são aqueles que foram infectados com a maldição nascida no mar Vermelho.

— O mar Vermelho — disse Enric, incapaz de crer em tudo o que estava ouvindo.

— Sim, o mar Vermelho. Ninguém sabia exatamente a origem do nome, mas pode ser que os antepassados o chamassem assim pelo sangue derramado por ela e seus filhos.

— Mas por que a Bíblia não menciona a primeira mulher de Adão?

— Isso não é verdade. — Em menos de um minuto, a Bíblia já estava em cima da mesa. — Leia aqui. Levítico 34:14 de Isaías: "As feras do deserto se encontrarão com as feras da ilha, e o sátiro clamará ao seu companheiro; e Lilith pousará, e achará lugar de repouso para si." Além disso, há certas incongruências entre Gênesis 1:27 e o 2:4-25. No primeiro, podemos encontrar o seguinte: "Criou, pois, Deus o homem à sua imagem; à imagem de Deus o criou; homem e mulher os criou."

"O segundo explica que Deus criou Eva a partir de uma costela de Adão. A gente crê que é o mesmo acontecimento, mas tudo parece indicar que no primeiro caso está falando de Adão e Lilith, e que Eva foi criada mais tarde. O Antigo Testamento é composto por diferentes livros. É a primeira parte da Bíblia e corresponde bastante com a Tanach hebraica. No entanto, há certas diferenças na inclusão ou não inclusão de alguns destes livros. Os católicos escolheram ignorar a personagem Lilith na Bíblia. Mas ela existe na Tanach."

— Sem querer ofender, mas eu não acredito muito na Bíblia. Posso aceitar que é uma boa forma de explicar coisas complicadas com exemplos simples, no caso de que alguma coisa estar certa.

— Talvez. Suponho que, na ausência de comprovações científicas, os sábios da época buscariam respostas em Deus, mitos e lendas do passado. No entanto, é possível que as diferentes respostas, mais ou menos acertadas, tenham uma origem comum.

Levantou-se de novo para mostrar outro livro, dessa vez de ciência. Parecia desfrutar muito da situação. A verdade é que ele não deixava de surpreender Enric com os seus conhecimentos e com o controle da localização dos livros. Uma nova página se abriu e mostrou a fotografia de um morcego. Esse livro, evidentemente, não era tão antigo.

— Você está buscando uma explicação empírica do vampirismo, certo? Também existiram pesquisadores que tentaram dar uma explicação científica ao tema. Você já parou para pensar alguma vez que o morcego é um animal único e surpreendentemente diferente dos outros? É o único mamífero que pode voar e das poucas espécies que têm vida noturna. E, além disso, o vampiro é o único mamífero que tem um *modus vivendi* parasitário. Só alguns insetos e as sanguessugas vivem dessa forma, mas numa escala muito inferior.

— O que quer dizer? Reconheço que nunca pensei nisso.

— Alguns achavam que esse extraordinário animal, do mesmo modo como aprendeu a voar, a se mover na escuridão e a sobreviver roubando o sangue dos outros, com o passar do tempo poderia evoluir. Em algum momento da evolução das espécies, os vampiros aprenderam a usurpar o corpo dos animais que tinham poder sobre eles: os humanos. Assim, poderiam criar um ser que estaria acima de nós na cadeia alimentar. É inegável que é uma resposta mais empírica, mas não explicaria o motivo da sua eternidade, força e velocidade, falta de espírito e, sobretudo, por que os seus corpos estavam mortos. Então, acho que em algum momento a ciência, a magia e a fé têm que se encontrar, de uma maneira ou de outra. Aconselho que você não descarte nenhuma possibilidade — concluiu.

— Sr. de la Vega, tudo isso é realmente interessante. Mas o combinado era que me mostraria alguma prova verídica da existência dos vampiros em Esparreguera. As teorias não são suficientes. Entenda que eu preciso saber alguma coisa mais para poder lhe entregar a carta da minha avó.

— Calma, tenha paciência. Eu disse que não ia enganar você. Entre os documentos da abadia dos quais falei, eu conservo um que contém uma informação que irá achar muito interessante — disse com um sorriso, por cima dos óculos de leitura.

Em seguida, colocou sobre a mesa uma pasta marrom cheia de pó. No interior havia muitos papéis amarelados. Ele tirou um com muito cuidado. Era uma carta e tinha um selo lacrado com cera vermelha, um tanto esquisito, onde podia se distinguir a figura do sol, com os braços abertos, como se fosse o Cristo Redentor. Não era possível ver a parte inferior do selo de forma tão clara, infelizmente, mas Enric conseguiu distinguir umas bestas raras que pareciam se esconder da luz solar, fugindo na direção do que parecia representar uma espécie de mundo dos mortos.

— Leia a carta e diga se eu cumpri com minha palavra ou não.

A carta estava escrita em francês. Enric agradeceu por ter sido um aluno aplicado na escola. Mesmo assim, o homem o ajudou um pouco.

Enric leu a carta com muito cuidado para não danificar aquele documento tão antigo. Quando acabou, dirigiu-se ao sr. de la Vega, muito emocionado:

— Meu Deus! Você percebe que isto prova a existência dos vampiros? Como é possível que isso ainda não tenha vindo à luz?

— Você está maluco? — disse, saltando da cadeira. — Não quero ser morto! Você não sabe que tipo de pessoas há por trás disso. E você tem que entender que convém ser discreto. Lembre-se do que combinamos: você nunca veio aqui, certo? — disse, visivelmente nervoso.

— Não se preocupe. Dou minha palavra — concordou Enric, tranquilizando o homem. — Pegue. Trato é trato.

Enric deixou a carta da sua avó sobre a mesa com muito pesar.

— Lembre-se de que tem que me deixar copiar o conteúdo — disse, sem tirar a mão da carta.

— Sim, fique à vontade. Mais uma coisa, rapaz, o sr. Pius tinha uma coisa que eu sempre quis ter: um diário pessoal.

— O sr. Pius escreveu um diário?

— Sim, tenho certeza. Não tenho ideia de onde está escondido, mas sei que não está no asilo. Eu tenho os meus contatos lá. Também tenho interesse no tema, como você pode ter notado. Tentei que me vendesse o diário durante anos, ainda que fosse depois da morte dele, mas não mudou de ideia. Esse homem era a chave, e deu a você uma informação privilegiada que sempre me negou.

— O que quer dizer? — perguntou Enric, pensando na chave que a enfermeira lhe entregou.

— Com a palavra "mestre" ou "maestro", em catalão, passou a você uma localização específica. A rua Maestro Tomàs Cabeza. É o nome de um maestro ilustre que tinha uma escola na rua que agora o homenageia. Foi onde o sr. Pius morou durante toda a sua vida. Esse é o lugar que lhe indicou, mas não será tão simples. Eu já estive na casa dele e não encontrei nada. Talvez você descubra uma nova pista. Consiga o diário, e eu devolverei a carta da sua avó. Você é um jovem esperto. Tenho certeza de que irá resolver os enigmas que aquele velho deixou pelo caminho.

— Está bem — concordou, enquanto apertava a mão dele como agradecimento.

Finalmente, copiou o conteúdo da carta em seu caderno como tinham acordado.

Enric deixou a biblioteca com uma sensação diferente. Todos aqueles corredores eram cheios de conhecimento, até mesmo um conhecimento que supunha extinto, perseguido durante séculos até se esconder no tempo. Entre essas paredes ainda viviam bruxas, vampiros, ordens secretas e feitiços ancestrais. Só podiam viver lá, ocultos naquele canto úmido, onde a luz se perdia diante da escuridão inexplorada que os protegeu até hoje.

Enric voltou para casa. Leu o conteúdo da carta muitas vezes antes de dormir. Fora escrita por um tal Jean-Sébastien Girard, destinada ao prior de Montserrat.

CARTA DE JEAN-SÉBASTIEN GIRARD AO PRIOR DE MONTSERRAT

Estimado Prior,

É um prazer cumprimentá-lo e poder responder a carta que me enviou tantos anos atrás. Suponho que é consciente dos tempos tão complicados que nós, sacerdotes, passamos neste país depois da Revolução Francesa. E também da perda de privilégios e meios que infligiram à nossa ordem, com cada vez menos membros.

A nossa sociedade precisa de uma grande dose de discrição, tendo em conta as atividades às quais temos nos dedicado durante séculos. Então, lembre-se: nós não existimos.

Antes de responder, quero agradecer pessoalmente por ter protegido e acolhido os nossos irmãos exilados no seu país por conta da perseguição jacobina. Um deles era o irmão Joan Llois, que pertenceu à nossa ordem durante anos, e lamentamos muito sua perda. Suponho que tenha ido embora para resolver seu problema e foi ele que lhe falou de nós.

Eu sei que, se pôde ganhar a confiança do irmão Joan Llois, também merece a minha. Mesmo assim, saiba que eu pedi informações minuciosas sobre o senhor e a abadia. Espero que possa compreender que era preciso fazer isso por motivos de segurança. A parte boa é que eu creio que és digno da nossa confiança. A minha primeira e última exigência em troca do nosso apoio é a discrição absoluta.

As diferenças que existem entre os nossos países não serão um obstáculo. Deus outorgou aos seus pastores o dom e a obrigação de salvar o máximo de almas possível acima de qualquer outra coisa.

Isso é exatamente o que a nossa ordem tem feito durante séculos e, por isso, aceito com prazer orientá-lo na luta contra os filhos do Satanás.

Em relação ao sistema que utiliza para comprovar quem se converteu num vampiro, muitas das crenças populares não são certas. Ao contrário das lendas, os amaldiçoados podem ver-se refletidos nos espelhos como qualquer outro elemento corpóreo, vivo ou morto. Não se transformam em névoa, nem tampouco em morcegos.

Quando atacados com água benta ou prata, não são afetados. Mas é certo que odeiam alho, o que suponho que servirá como medida de proteção à sua vila.

Farei um resumo dos resultados de nossos estudos e pesquisas. Partindo das nossas crenças, sabemos que o processo natural da vida é a morte do corpo e a ascensão da alma. É por isso que costumamos afirmar que o corpo é mortal e a alma imortal. Mas isso não é completamente correto. Eu diria que as almas na verdade são eternas. Sabemos que, por algum motivo que tem origem na bruxaria ou na alquimia, o processo pode se inverter. Desse modo, a alma pode se extinguir do corpo que desde esse momento se torna eterno.

Esse é o caso dos mortos-vivos, que sem terem alma que represente as coisas boas que nos identificam como filhos de Deus, se transformam em criaturas infernais que caminham errantes entre nós.

Portanto, cremos que a alma não pode ser imortal. Mas a parte boa é que a mesma coisa acontece com os vampiros. Os seus corpos são eternos, mas é uma eternidade que pode ser interrompida. Os mortos-vivos têm a força de vinte homens. Quanto mais antigos são, mais poder têm. Os seus movimentos são rápidos, embora não tenha certeza de que possam voar, podem se elevar muitos metros do chão.

Quando desperta na primeira noite, o vampiro é uma besta primária movida pela necessidade de se alimentar. Acordam com uma sede terrível. Em poucas horas abandonam esse estado e o substituem por uma inteligência maligna que não abandonarão nunca. Sugam o sangue dos vivos aos quais transmitem a maldição, embora não precisem de uma quantidade muito grande. Essa maldição absorve as suas almas e os transforma na sombra do que antes foram. Os vampiros não transformam toda pessoa da qual sugam o sangue. Têm consciência de que, caso o fizessem, a praga se estenderia tanto que no final não teriam alimento. Então costumam matar a presa antes da transformação.

Por outro lado, querem manter um número suficiente para que, caso os humanos façam frente a eles, possam vencer a batalha e não ser extintos. Mesmo assim, têm uma debilidade que é a sua condenação: a luz do dia. Não podem morrer, mas enfraquecem até não terem mais defesas efetivas enquanto o sol estiver reinando. É nesse momento que você terá que encontrá-los e decapitá-los ou atravessar o coração deles. É assim que o sangue dos vivos deixa de correr por suas veias e se transforma em pó, como um mortal qualquer.

O fogo também pode consumi-los, mas não recomendo esse caminho. Demoram muito a morrer e são incontroláveis durante o processo. É muito importante que não iniciem a caçada à noite, caso contrário, os seus homens estarão condenados. Quando forem eliminados, queimem e enterrem os restos. O fogo tem sido um elemento purificador há muito tempo. Cada fogueira em que o mal se enterra é uma nova pegada de Deus neste mundo.

Eles são conscientes da própria debilidade e buscam os seus ninhos na penumbra, onde os vivos não querem se aproximar. Por isso, a maioria deles se esconde no próprio caixão onde foram enterrados. Não são difíceis de reconhecer. O seu corpo não se decompõe.

A nossa ordem recebe o nome dos monges negros, porque na Idade Média os monges beneditinos vestiam uma camisa de lã e um escapulário, e o hábito superior era de cor preta. Isso os diferenciava dos monges franciscanos, que se vestiam de branco.

Os irmãos da nossa ordem mantiveram o nome e a forma de vestir dos primeiros monges negros que viveram na Idade Média.

O que vou explicar não pode ser compartilhado nem mesmo com os seus homens. Desculpe a insistência na sua discrição, mas logo compreenderá que a existência do homem do qual falarei só pode ser conhecida pelas pessoas do nosso círculo. Chama-se Rasarit, é o nosso líder espiritual. É muito especial, um milagre que Deus enviou para salvar os seus discípulos.

Em 1765, os monges beneditinos receberam uma mulher romena na porta da Abadia de Solesmes. Ela tinha sido mordida por um vampiro e a infecção estava muito avançada. Além disso, estava grávida de gêmeos e pediu aos monges que salvassem a vida dos seus filhos, que já tinham nomes: Viorec e Dragosi. Viorec é o nome veradeiro de Rasarit, batizado por nós em honra de sua origem balcânica, após o descobrimento do milagre da sua existência. "Rasarit" em romeno significa "o nascer do sol".

Graças à rápida atuação dos irmãos que puderam tirar os bebês do corpo infectado da mãe, Rasarit está conosco agora. Alguns dos monges pertenciam à nossa sociedade secreta. Naquele tempo, os monges negros eram mais numerosos e influentes do que agora.

Encarregaram-se da situação. Rasarit ficou em observação durante semanas junto ao seu irmão. A mãe lhes transmitiu o sangue infectado.

Dragosi não pôde superar a infecção e se transformou num vampiro. Mas Rasarit evoluía favoravelmente. Bebia leite, diferente do irmão, que era alimentado somente com sangue humano.

O mesmo acontecia com o crescimento. Rasarit se desenvolvia fisicamente, mas Dragosi não superava o estado de neófito. O seu corpo já estava morto.

Os monges se sentiram obrigados a eliminar Dragosi, como fizeram com a sua mãe após o parto.

Rasarit conservou a característica da humanidade. Além disso, adquiriu faculdades que ninguém mais tem. Essas faculdades são o presente que Deus enviou para cumprir nossa missão. Por isso temos a obrigação de ajudá-lo. O milagre bateu à nossa porta, estimado prior. Rasarit tem um olho claro e brilhante como os vampiros devido à sua transformação parcial. Não envelhece como o resto dos humanos. Tem mais de 120 anos, mas aparenta sessenta. Possui grande força física e alguns poderes psíquicos que o permitem intuir a localização dos vampiros, suas necessidades e até seu poder.

Não conhecemos a fonte exata do seu dom. Pode ter sido o estreito vínculo partilhado entre irmãos gêmeos e o sangue infectado da mãe, mas o certo é que esse homem é uma peça-chave na nossa luta.

Nos reunimos com Rasarit e ele ofereceu-se para ajudar. Irá acompanhado de quatro dos seus homens. Nos próximos dias chegarão à abadia de Montserrat. Não tenho dúvida de que receberão a atenção necessária.

Grande sorte na sua luta, que é a nossa também e à qual a ordem dos monges negros tem dedicado as nossas vidas.

JEAN-SÉBASTIEN GIRARD

13

Enric tinha lido inúmeras vezes a carta que Jean-Sébastien Girard escreveu ao prior de Montserrat. Quase podia recitá-la de cor. Refletiu sobre os caminhos pelos quais estava transitando. Começava a entender as palavras do sr. de la Vega quando o advertiu que fosse discreto se quisesse continuar desvendando o segredo. Um segredo que talvez fosse como um lobo adormecido entre sombrias árvores e que abria os olhos à medida que se aproximava.

Mesmo assim, não podia voltar atrás. Por que chegar até esse ponto e abandonar tudo agora? A curiosidade era muito poderosa. Era como entrar em um porão esquecido por todos. Um porão que ocultava o segredo atrás das suas portas. Cada degrau fazia com que quisesse descer ainda mais.

Enric pensou que o próximo passo seria ir à rua do Maestro Tomás Cabeza, onde morou o sr. Pius Domènech. Esse homem parecia ter a chave que abria a porta da caverna.

De manhã, os raios de sol atravessavam os cristais do quarto de Enric enquanto se vestia e cantarolava canções que o faziam se lembrar de Marina. Segundo as indicações do sr. de la Vega, a casa ficava ao lado da lavanderia municipal, perto da Igreja de Santa Eulàlia. Era impossível se perder.

Quando chegou à rua, localizou a casa na zona mais antiga, em frente ao matadouro municipal. Era a única que coincidia com a descrição do sr. de la Vega.

Parou justamente aos pés do arco de pedra da entrada, que envolvia uma porta de ferro muito oxidada. O terreno era circundado por uma cerca de metal a fim de proteger um pomar abandonado e que o surpreendeu pelas suas dimensões. Esperava que fosse menor. No fundo, havia uma pequena casa de pedra na qual subia uma cerca-viva por causa do abandono.

Vendo que a porta do recinto encontrava-se aberta, Enric cruzou o pomar decidido a entrar, embora isso fosse classificado como invasão. Apertou a campainha. Estava quebrada. Empurrou a porta, com medo de encontrar alguém, mas só encontrou escuridão. As persianas estavam fechadas e as janelas também.

Quando abriu uma delas, a luz mostrou uma sala de estar pequena com o mobiliário muito deteriorado.

Tudo possuía um cheiro de abandono. No fundo da sala se via uma lareira, com uma estante de madeira na parte superior onde havia alguns livros desordenados. De fato, toda a sala estava bagunçada. Enric relacionou isso e a campainha quebrada ao seu amigo, o sr. de la Vega, que devia ter ido até lá para procurar o diário.

O sr. Pius viveu de forma humilde, dois quartos e um pequeno banheiro completavam a residência. Quando entrou no primeiro quarto, Enric sentiu uma pena muito grande. No interior havia duas pequenas camas de madeira, um em cada lado. Entre as duas, um tipo de mesa de cabeceira com diversos livros de contos populares. Também notou uma pequenina figura de argila que parecia ter sido feita por uma criança. Enric confirmou a hipótese quando leu a inscrição na parte inferior: "Te amo, papai".

"Pobre homem", pensou.

Depois de tantos anos, ainda conservava o quarto dos filhos igual a quando estavam vivos. O sr. Pius devia ter sido atormentado pela perda.

Uma coisa chamou a atenção de Enric. No chão havia um tabuleiro cheio de dados em cima. Pegou-o e se deu conta de que os dados estavam grudados com cola.

"As pessoas se entretinham de forma muito esquisita. Sem rádio e televisão", pensou consigo mesmo, deixando o tabuleiro onde o encontrou.

No outro quarto, que devia ser o do sr. Pius, não encontrou nada especial. Uma cama de madeira muito antiga com uma mesa de cabeceira e um armário provavelmente feito à mão.

Abriu a gaveta da mesa e encontrou um papel dobrado entre algumas meias de inverno. A mensagem intrigou o rapaz: "Se você procura pelo diário, terá que reconstruí-lo na parede norte da sala de jantar."

Enric correu para procurar a parede, mas só encontrou a lareira. Aproximou-se e viu os restos de um livro queimado com anotações escritas à mão entre as cinzas. Era irrecuperável.

— Caralho! Velho diabólico. Queimou por completo! — exclamou, com as mãos na cabeça.

"Espere aí, não faz sentido. Por que me daria pistas ocultas em diferentes poemas para encontrar um diário queimado? Além de ter deixado um recado perfeitamente visível? Não é o seu estilo...", refletiu ele.

Enric examinou a parede atentamente. Cada detalhe era observado com uma objetividade minuciosa para não descartar nada. Por cima da lareira só estava a estante com quatro livros desorganizados.

Examinou as obras e viu que três delas eram de Víctor Català: *Drames Rurals, Caires Vius, Solitud* e *Un film (3000 metres).* O outro era *Atlàntida*, de Jacint Verdaguer.

O fato de três das quatro obras serem de Víctor Català fez Enric pensar que o sr. Pius era tão misterioso quanto Caterina Albert, que escondeu a sua identidade sob aquele pseudônimo. Em relação a *Atlàntida*, não é preciso dizer que nem todas as histórias são tão enigmáticas.

Estava convencido de que o papel da mesa de cabeceira era uma armadilha para o sr. de la Vega e possivelmente para mais pessoas. O sr. Pius queria lhe contar alguma coisa, e teria de buscar onde Enric tinha vantagem frente ao resto. Tinha que encontrar uma relação entre as quatro obras.

Sentou-se numa cadeira sem uma das pernas e folheou os livros sem muitas esperanças.

"O que posso encontrar aqui pode ser encontrado por qualquer pessoa. Não é isso."

Pensou que a sua vantagem só podia vir de alguma coisa que ele já tinha lhe transmitido. Podia ser uma relação entre as pistas anteriores e que só ele pudesse ter. Pensou que talvez as primeiras letras dos títulos das obras fossem a chave outra vez, formando uma palavra que mostrasse o caminho naquele labirinto de páginas.

Drames Rurals, Solitud, Un film (3000 metres) e *Atlàntida*. "*Dusa, sadu, suda, daus*... *Daus*. Dados! A pista estava escrita em catalão! O tabuleiro com os dados do quarto das crianças!"

Outra vez parecia que o sr. Pius tinha deixado uma pista. Seguia a lógica que fez Enric chegar ali, e agora a palavra-chave era *dados*.

Saltou na direção do quarto onde antes os tinha ignorado. Para o sr. de la Vega passaram tão despercebidos que, inclusive, os atirou ao chão, achando que era apenas um jogo dos filhos do sr. Pius. Mas não era um jogo. Os dados eram a chave. Sua disposição e numeração poderiam conduzi-lo até o segredo, que parecia ter a forma de um diário.

Enric ficou fascinado com o planejamento daquele homem. Era praticamente impossível detectar essa mensagem sem as suas pistas.

Enric apanhou o tabuleiro cuidadosamente, soprando o pó para examiná-lo minuciosamente. Os dados estavam dispostos lado a lado em grupos de três. Quarenta e oito no total.

Os últimos de cada série mostravam o número 1. As sequências eram as seguintes:

1-1-1 → 1-2-1 → 4-1-1 → 4-2-1 → 4-1-1 → 3-2-1 → 2-1-1 → 2-2-1 → 2-3-1 → 2-4-1 → 3-3-1 → 3-6-1 → 3-5-1 → 3-5-1 → 4-2-1 → 3-4-1

Enric resolveu levar o tabuleiro para casa onde tentaria decifrá-lo confortavelmente. Sentia-se orgulhoso de chegar onde outros não puderam. Nem sequer o sr. de la Vega com os seus livros.

Estava certo de que em algum momento descobriria a relação entre os números do tabuleiro. Cada pista decifrada e cada enigma resolvido tinham um sabor de inquietude cada vez maior. E agora sentia que estava tão perto que não podia parar.

14

Os dias seguintes foram os mais longos da vida de Enric. Passou-os sem ver a luz do dia, sem ver ninguém. Tentou mergulhar na própria mente para encontrar uma resposta que nunca parecia chegar.

Enric se perguntava o que podia ser aquela relação numérica. Coordenadas? Guia de pontos sobre um elemento cartográfico que não conseguira encontrar?

Após pensar muito, refletiu sobre a possibilidade desses números serem letras. Letras que poderiam formar palavras, as quais poderiam dar a ele uma nova pista. Mas não conseguia encontrá-las. Tinha revisado o alfabeto inúmeras vezes e não conseguia relacionar esses números. Eram muito baixos. No momento em que decidiu esquecer tudo aquilo para não enlouquecer, resolveu fazer o que devia ter feito desde o começo. O pequeno abajur que conservava desde criança iluminava vagamente a mesa onde tinha disposto tudo o que conseguira até o momento. Ou seja, as anotações sobre tudo o que os idosos, o sr. de la Vega e o sr. Pius transmitiram a ele.

Naquele instante, teve um momento de inspiração mágico. Uma luz o fez lembrar da expressão dura do sr. Pius. Foi quando reparou que tinha tudo mais calculado do que imaginava.

As palavras do sr. Pius, após lê-las centenas de vezes, geraram novas pistas. Com a mesma ordem em que as recebeu, tinha o seguinte:

Pista 1:

Partindo da estrada de cinzas,
Um novo céu irá te acariciar.
Imortalizada a alma terna
Gozará do campanário a tocar.

Pista 2:

Mas nunca se aproxime do lugar
Onde o mal observa o povo,
Não se o sol já tiver se posto.
Todos temem o nobre.
Onde se ergue o antigo castelo
Rios de sangue sobre nós vertido,
Com o fogo incendiado pelo povoado
História nossa para confessar.

Pista 3:

Montserrat quer vingança
Ele cultiva a horta.
Sempre alerta, não descansa,
Todos mortos, sem exceção.
Rugia o camponês com desesperança,
Essa é a sua arma mais poderosa.

Pista 4:

Drames Rurals
Atlàntida
Un film (3000 metres)
Solitud

Tomando cada pista como o primeiro número da série de dados, o segundo como o verso de cada pista e o terceiro como a letra de cada verso – que, nesse caso, é sempre o número 1 –, a relação numérica era uma série de letras. Unidas, mostravam uma localização específica. Por exemplo: pista 1, verso 1 e letra 1 indicam a letra P. Com a série numérica completa, o resultado foi o seguinte:

1-1-1	1-2-1	4-1-1	4-2-1	4-1-1	3-2-1	2-1-1	2-2-1
P	U	D	A	D	E	M	O
2-3-1	2-4-1	3-3-1	3-6-1	3-5-1	3-5-1	4-2-1	3-4-1
N	T	S	E	R	R	A	T

A Puda de Montserrat. O antigo balneário abandonado, no lado esquerdo do rio Llobregat, na vila de Esparreguera, passando o desfiladeiro do Cairat.

Enric tinha escutado que, por causa de um terremoto, as águas brotavam intensamente desde o século XVIII. O balneário foi construído no ano de 1870, mas o seu momento de esplendor chegou no final do século XIX e início do XX. Naqueles tempos, os balneários eram muito populares entre a burguesia barcelonesa. Hoje em dia é somente uma casa fantasma. Uma inundação do rio deixou-o em ruínas.

O passo seguinte seria ir para a Puda de Montserrat. Enric não sabia o que poderia encontrar lá. Em se tratando do sr. Pius, tudo era possível.

Apesar de estar morrendo de curiosidade, precisava descansar e desfrutar da companhia de Marina. Não pôde dedicar a ela muito tempo nesses dias e estava preocupado.

15

Enric acordou às sete e meia da manhã para preparar sua visita ao balneário. Na realidade pretendia ter saído uma hora antes,, mas tinha dificuldade em acordar cedo.

Antes de ir à Puda pela primeira vez, recolheu informações. O Arquivo Puig e a coleção de fotografias de um vizinho de Esparreguera, chamado Ricard Forn, foram de grande ajuda. Os dois tinham muitas fotografias da época de ouro do balneário. Enric mergulhou por uns instantes naquele ambiente aristocrático. As pessoas se vestiam com a elegância própria da era em um cenário muito luxuoso. Enric se lembrou das fotografias conservadas pelos passageiros do *Titanic*.

Ele verificou que a história da Puda de Montserrat datava da metade do século XIX, mas no início do século já se sabia que as suas águas ricas em enxofre tinham uso medicinal. As pessoas nadavam debaixo dos buracos de fumaça por onde a água saía.

Um ilustre habitante de Esparreguera, Salvador Garriga, propôs construir dois edifícios com diversas banheiras que estariam localizados em ambas as margens do rio Llobregat.

A princípio, a ideia teve muito boa aceitação, inclusive por parte das autoridades, mas o sr. Garriga só encontrou obstáculos. Por causa disso, em seu desespero, cometeu suicídio.

Mesmo assim, Pau Garriga tinha vontade de completar o sonho do irmão e construiu os dois edifícios, um em cada lado do rio. No entanto, a natureza, que não parece ter estado nunca do lado dos homens que se apoderaram dessas águas, arrastou as construções. Mas não se renderam, e um empresário barcelonês chamado Antoni Pujades reiniciou o projeto sobre as bases do antigo edifício. Desse modo, construíram outro, mais sólido, que pudesse resistir às investidas do rio. Esse foi o nascimento da Puda de Montserrat. Cabe dizer que o projeto idealizado pelo sr. Pujades era muito mais majestoso e não pôde ser concluído por diversos motivos.

Mesmo assim, o edifício construído era bastante luxuoso e poderia hospedar convidados da alta sociedade, que se favoreceriam de seus benefícios. A partir desse momento e sobretudo no início do século XX, o balneário viveu seu auge.

Depois da segunda metade do século XX, os balneários começaram a perder importância e se instaurou a moda de passar o verão na praia. Além disso, as repetidas inundações o deixaram em um estado lamentável.

Enric apanhou a sua mochila carregada de muita expectativa, um bom sanduíche de linguiça e água suficiente para matar a sua sede. Também apanhou a chave que o sr. Pius lhe deu.

Assim, iniciou o caminho que levava à Colònia Sedó. Seria longo e agradável. Havia muito tempo não passeava por aqueles lugares que o faziam lembrar de sua infância. Enquanto caminhava entre as árvores, podia ver a si mesmo ao lado de seu pai, recolhendo folhas da amoreira para a sua coleção de bichos-da-seda ou musgo para o presépio.

O caminho era tranquilo; uma descida até chegar às margens do próprio Llobregat. O complicado seria voltar. Durante o trajeto, pôde observar a antiga igreja, Santa Maria del Puig e o único muro conservado do castelo de Esparreguera, e imaginava os fatos e as personagens que tinha decidido investigar. Era muito mais fácil fazer isso com as ruínas a sua frente.

Um pouco mais embaixo se encontrava a Colònia Sedó funcionando, embora não com o esplendor do século passado. Muitas das casas encontravam-se vazias. Mas anos atrás foi a maior colônia têxtil do estado espanhol. Funcionando com energia hidráulica, a fábrica tinha uma turbina de ferro fundido de 1400 CV, além de ter sido a maior do país.

Enric percebeu o peso do caminho quando sentiu o efeito das mordidas dos insetos enquanto o calor aumentava. Finalmente, parou na frente daquele edifício destruído. Ficou bastante impressionado, sobretudo porque o casarão se afogava em lembranças no meio da natureza. Nunca pôde vê-lo tão perto. Na realidade, o seu estado era realmente deplorável.

"Como podem ter abandonado o balneário desta maneira?", pensou em um primeiro momento. Mas também entendeu que, levando-se em conta que não pertencia à administração e que o rio parecia disposto a demonstrar uma e outra vez que não queria que o homem pisasse em seu território, tinha certa lógica.

Naquele momento voltaria a ser útil. Pelo menos para Enric. As paredes devoradas pelo rio Llobregat escondiam um segredo que ele estava determinado a descobrir. Outra parte de uma história oculta.

Enric cruzou a entrada exterior, atravessando uma grande porta de ferro oxidada. À medida que avançava até a porta principal, as árvores pareciam se aproximar dele, pelo efeito do vento. Parecia que observavam, curiosas, quem tivera a coragem de estar nesse lugar depois de tanto tempo. Quando chegou à porta, empurrou-a, fazendo-a chiar desagradavelmente.

O interior era iluminado pela luz que entrava em colunas pelos buracos no teto, pelos quais alguns pombos temerosos alçaram voo. Mas não pareciam ter tanto medo quanto o próprio Enric. Na realidade, ele nunca foi muito corajoso. A solidão do edifício alimentava as lendas que o conduziram até esse lugar. Lá dentro, deu-se conta de que aquela porta era o acesso ao chamado Templo da Saúde, uma simples sala de banho. Havia um corredor sem fim, com paredes de mármore e banheiras preciosas também feitas de mármore.

Enric observava a grande quantidade de lama que havia por todas as partes, além de restos de argila, juncos e outros vegetais. Parecia que o rio tinha entrado pelas janelas do edifício e, em seu percurso, inundou tudo. Mesmo assim, ainda podia se apreciar bonitos detalhes como as abóbadas cilíndricas com bordas no teto da galeria.

A imaginação permitia a ele viajar através do tempo, levando-o a uma época na qual toda essa beleza perdida sorria sob o próprio esplendor.

Enquanto caminhava, observando tudo ao redor, chegou à única parte que lhe era familiar: uma fonte de água sulfurosa onde, muitos anos antes, sua avó fora fotografada enchendo uma garrafa de cristal. A imagem não tinha comparação com o estado atual da fonte. A fotografia a mostrava sob um precioso corrimão de mármore, praticamente destruído. Sem mencionar a própria fonte, da qual não restava quase nada.

O tempo que tinha passado lá serviu para Enric entender que a sua tarefa não seria nada fácil. Na realidade não fazia ideia do que tinha ido buscar, nem por onde começar. Passou muitas horas tentando superar os seus medos, passando calor e fome e suportando as picadas dos insetos. Mas lá, em algum lugar, o sr. Pius havia deixado alguma coisa que só ele poderia encontrar.

Além de revistar o Templo da Saúde, revistou a sala de jantar, a cozinha, o jardim, o terraço e todos os cantos possíveis. O acesso ao segundo andar era muito mais complicado. Caiu três vezes antes de conseguir escalar e subir, porque a escada estava destruída. Lá ficavam os quartos e mais aposentos. Olhava-os um por um, mas não encontrou nada que chamasse a sua atenção.

Enric tentou guardar na memória cada detalhe que pudesse ter sido alterado pelo sr. Pius, mas a natureza havia entrado nesse lugar com força.

Ao final do corredor, encontrou o último dos quartos, um dos mais conservados e também escuros. Ainda tinha duas camas com lençóis brancos manchados de lama e uma mesa de cabeceira ao lado delas. Ao lado da porta, havia um armário de madeira. Iluminando-o, notou que alguém escreveu com algum objeto cortante a palavra "PuDa" numa das portas.

"Por que as pessoas danificam a madeira dos armários para escrever uma coisa tão pouco espirituosa como o nome do balneário?", pensou enquanto voltava. "Espere..."

A palavra "PuDa" estava escrita com as consoantes em maiúsculo e as vogais em minúsculo. Enric pensou que isso era estranho. Perguntou-se qual seria a intenção da pessoa que escreveu, enquanto as duas consoantes se destacaram diante de seus olhos, no meio daquela escuridão tão crua, sugerindo que as letras PD eram as iniciais do sr. Pius Domènech.

Aproximou-se até a frente daquele armário, que ele esperava esconder alguma coisa. Quando abriu as portas, parecia que elas iriam quebrar, mas no interior não havia nada. Buscou com a lanterna em cada canto. Nada de nada. "Caralho! Por que esse velho complicou tanto as coisas?", gritou, cheio de raiva, jogando a lanterna dentro do armário.

Quando fez isso, o barulho provocado pelo impacto não foi o que ele esperava. Parecia oco. Era muito estranho porque o armário estava encostado na parede, e essas paredes eram muito grossas.

Lembrou-se de que o mobiliário da casa do sr. Pius parecia ter sido feito por ele. O armário poderia ter sido alterado.

Recuperou a lanterna. Felizmente, não estava quebrada e iluminou de novo o fundo do móvel. Não parecia ter nada de especial, mas, quando bateu duas vezes na madeira da parte interior, voltou a comprovar que soava oca.

Enric fez tanta força quanto possível para deslocar o móvel. Custou muito, mas finalmente conseguiu, descobrindo um buraco na parede onde encontrou um baú de madeira com o fecho em forma de uma caveira com dentes desalinhados. Enric pegou o baú cuidadosamente e tentou abri-lo, sem êxito. Precisava da chave. "A chave do sr. Pius! Agora sim será útil", pensou enquanto buscava a chave.

Tirou a chave da mochila, introduziu-a na fechadura e ouviu um ruído que parou seu coração. Virou-se temeroso, mas não havia ninguém.

Resolveu continuar o mais rápido que pudesse para abandonar a Puda quanto antes. Quando girou a chave, o baú fez um pequeno ruído que parecia indicar que se abrira, mas não.

Enric tentou levantar a tampa, mas parecia faltar alguma coisa. Então se deu conta de que a caveira se movia e podia girar. Fez isso e, quando girou a chave 180 graus, pôde levantar a tampa. No interior, havia um saco marrom e um bilhete manuscrito. O bilhete estava em cima de tudo e dizia o seguinte:

As bruxas agora são visíveis ante os seus olhos, através dos quais eu pude ver o meu sucessor. Não deixe que toquem o seu coração. Se o meu instinto não falha, a sua escolha será a correta. Se eu estiver errado, que Deus nos salve.

A princípio, Enric não entendeu nada. Perguntou-se o que queria dizer com a história das bruxas, até que se deu conta de que os dentes da caveira tinham a forma daquelas rochas conhecidas como Bruxas Encantadas no desfiladeiro do Cairat. Quando voltou a girar a caveira, escutou novamente ruídos estranhos. Eram vozes diferentes e femininas.

Enric sentiu muito medo. Aquela descoberta supunha uma vitória que não era capaz de saborear naquele momento. Finalmente, abriu o baú.

No interior, havia uma autêntica caveira. As maçãs do rosto eram bastante salientes e o seu aspecto era muito mais cruel do que o normal. Ainda conservava cabelos avermelhados como o fogo do inferno. Mas o mais inquietante eram as presas. Largas e afiadas. Impróprias de um ser humano.

Enric só conseguia tremer. Deduziu que a caveira podia ser a cabeça de Montorch. Observou-a cuidadosamente. Tentou mover as presas para comprovar que não era um jogo macabro. Eram reais.

Sob ela havia um diário. O diário do sr. Pius Domènech. A capa era bege-esverdeada e estava muito bem conservada.

Finalmente, tinha atingido o seu propósito, mas no interior do baú havia algo mais. Era um saco menor de cor vermelha e amarrado com uma fita dourada. Abriu o saco cuidadosamente e deixou cair o conteúdo na palma da mão. Eram pequenos cristais de cor escura, de diferentes tamanhos e pareciam ter sido uma só pedra antigamente. Então compreendeu tudo. As pedras deviam ser os restos da Lágrima do Sol Negro. As vozes femininas voltaram. A única coisa em que Enric conseguia pensar era em sair daquela casa mal-assombrada. Guardou todos os objetos, pegou o baú e saiu correndo sem querer voltar.

16

As horas posteriores da visita à Puda foram um autêntico tormento para Enric. Pesadelos estranhos não o deixavam dormir. Além da ansiedade de ter aquele cofre em sua casa. O medo, as vozes e as circunstâncias o dominaram na Puda. Se tivesse pensado friamente, só teria levado o diário. O sr. Pius havia escondido durante muitos anos aquele cofre, e agora estava exposto para cair em mãos erradas. Mas não tinha coragem suficiente de voltar à Puda.

Pensou em qual seria a melhor opção durante toda a manhã, sem ousar sair de casa. Não queria se afastar dos objetos até que tivesse tomado uma decisão. Uma alternativa à qual chegou ao meio-dia, enquanto espalhava o pão sobre o restante das gemas dos ovos fritos que tinha preparado para comer. "Vou enterrá-lo na horta do sr. Pius. Sem dúvida! É solitário e todos que pretendiam encontrar algo já procuraram lá. Então, duvido que voltem." A decisão estava tomada. Esperou que fosse de noite, acreditando que a escuridão seria sua melhor aliada.

Por razões óbvias, não podia escavar a horta abandonada do sr. Pius à luz do dia. Mas, antes, tinha convidado Marina para jantar em casa. Precisava vê-la.

— O que está acontecendo hoje? Parece mais nervoso do que o normal, e não para de olhar para o relógio — disse Marina, antes de levar a colher à boca.

— Ahn...? Nada não.

Marina sorriu. Já começava a conhecê-lo, e Enric se sentia feliz de poder observar como ela franzia a testa quando sorria de forma travessa.

— Não se preocupe, estou um pouco nervoso ultimamente, mas não é nada. Logo terá passado tudo.

Enric e Marina ficaram do lado de fora por um momento, sentados no portal da casa de Enric, de mãos dadas. Enric sentiu um pouco de vergonha porque suas mãos suavam bastante, mas ela não parecia se importar. Marina precisava ir embora. Não podia deixar sua tia sozinha por muito tempo.

— Não se meta em confusões — disse, penteando a franja com os dedos. Despediu-se enquanto sorria para ele.

O sol tinha mergulhado no horizonte. Enric pegou no porão a picareta e a pá do seu avô. O porão dos pesadelos, lá onde tudo começou. Diante do portão de ferro da propriedade do sr. Pius, os nervos invadiram o rapaz quase mais do que a primeira vez em que o cruzou. Mas, uma vez enterradas, a Lágrima e a caveira, tudo estaria acabado. Olhou em volta, com a picareta e a pá nas mãos. Dirigiu-se à parede lateral onde ficava mais escondido. Ia começar a escavar, quando reparou em uma porção de cabeças de alho penduradas na parede. As folhas secas ainda eram visíveis. Começou a escavar sob a luz da lua cheia. Precisava fazer um buraco fundo; não podia deixar a Lágrima a pouca profundidade para que qualquer animal com vontade de brincar a encontrasse. Além disso, tinha a estranha sensação de que alguém o vigiava. Sensação que se converteu em ansiedade quando tirou a primeira pá de terra.

Aqueles ruídos estranhos que não sabia dizer exatamente de onde vinham voltaram a se fazer presentes. À medida que tirava pás de terra, o que manchava a roupa ensopada de suor, os murmúrios ficavam cada vez mais intensos. Enric tentava convencer-se de que era apenas sua imaginação. Talvez houvesse mulheres cantando enquanto lavavam a roupa nos lavadouros públicos que se encontravam justamente atrás dali. Na realidade, qualquer ruído aquela noite provocava medo; o vento nas árvores, os gatos que saltavam no interior da horta e que o observavam com os olhos brilhantes. Já tinha escavado o suficiente. Pôs no interior do buraco a caveira e o saco, quando algo começou a brilhar no seu interior. Eram as pedras cristalinas, os restos da Lágrima do Sol Negro. Naquele momento, as vozes femininas voltaram a aparecer para dizer com toda clareza: "Pegue-a, agora é sua. A Lágrima é sua e também o poder dela."

Enric achou que havia enlouquecido por um instante. Aquela relíquia guardava os poderes das bruxas. E as vozes deviam ser delas. Diversos sentimentos começaram a lutar no interior da sua alma sem controle. Podia aproveitar o fato de ter localizado a Lágrima e também o seu poder. Não o tinham perseguido outros sem sucesso durante séculos? Por que perder a oportunidade? Ele merecia. Estendeu a mão pouco a pouco para tirar a Lágrima do buraco. Abriu o saco, justamente no momento em que se lembrou de que estava tendo aquele privilégio graças ao sr. Pius. Ele achava que a Lágrima era um perigo para a humanidade, e não era o único. Afinal de contas, alguém havia feito o mesmo há séculos, escondendo-a no Mausoléu de Halicarnasso. A Lágrima foi criada por poderes das trevas com uma clara finalidade de vingança. Tinha sido criada pelo mal. Depois de alguns segundos de batalha interna que se deixava ver em forma de suor frio, a integridade venceu a ânsia de poder que tinha crescido nele de uma forma vertiginosa por uns instantes.

O determinante foi a lembrança do sr. Pius e imaginar tudo o que ele teria lutado sozinho para proteger a humanidade do poder maligno da Lágrima. Tinha tomado todas aquelas precauções para que não caísse em mãos erradas. Ele o havia escolhido, e não podia falhar. Ademais, se tinha Marina, já tinha tudo. O que mais poderia desejar? Fechou o saco e o colocou junto à caveira no buraco que tinha escavado, para enterrá-lo definitivamente. Enric respirou aliviado, como se tivesse liberado um peso de suas costas. Tinha resolvido o mistério e tudo resultou ser verdade. Os vampiros existiam. A sua avó não tinha inventado nada. Era hora de voltar para casa. Leria o diário e depois retomaria a normalidade da sua vida.

17

Eram oito da manhã. Enric se encontrava animado e cheio de energia, apesar de não ter dormido muito. Os medos do dia anterior ficaram para trás. Havia conseguido o diário do sr. Pius Domènech, e isso o deixava feliz. Mal podia esperar para compartilhá-lo com o sr. de la Vega. Então, desobedecendo às suas ordens, decidiu visitá-lo para lhe dar a boa notícia. Pensou que tinha uma boa razão para isso. Andava pela rua com o diário do sr. Pius no bolso sem tirar a mão dele. Não tinha nenhuma intenção de entregá-lo. Ainda que quisesse de volta a carta da sua avó, aquele diário lhe parecia um tesouro bem maior. De qualquer jeito, queria aparecer, mostrar que conseguira encontrar o diário e que, se ele quisesse, deixaria que o lesse. Afinal de contas, devia-lhe muito. Ao tocar a campainha do sr. de la Vega, o rosto tenso do homem apareceu entre as cortinas da janela que dava à rua. Em poucos segundos abriu a porta e, pegando Enric pelo braço, o puxou violentamente para dentro.

— O que há com você? Não compreende as coisas quando eu falo? Não quero que venha aqui sem permissão! — gritou, cheio de raiva.

— É que... encontrei o diário — comentou Enric, afastando-se muito surpreso pela reação. Enric não imaginou que o homem pudesse ter tão más intenções.

— O diário? Sério? — disse, mudando a expressão de repente, esfregando a parte inferior do nariz com o indicador, enquanto olhava através da janela da sala de jantar.

— Sim, olhe.

— O que está fazendo? Aqui não! — exclamou, impedindo que retirasse o diário do bolso. — Vamos à biblioteca.

O sr. de la Vega abriu a passagem secreta atrás do móvel da sala de jantar. Era a segunda vez que Enric descia por aquelas escadas de pedra, pensando que com certeza eram bem mais antigas do que o próprio edifício. Provavelmente, deviam pertencer ao edifício original. Talvez o corredor secreto tivesse servido aos antepassados como esconderijo durante o transcurso das guerras. Ele seguiu o sr. de la Vega pelo longo corredor, a caminho do arquivo secreto, meio enjoado por conta do cheiro da umidade. Andava com a luz de um lampião sem saber exatamente onde punha os pés. De repente, ouviu o barulho de um vidro se quebrando no andar de cima.

— É o vidro da janela da entrada — disse, nervoso. — Seguiram você. Estamos perdidos! — gritou, sacudindo Enric pelos braços.

Os nervos se apoderaram de Enric de tal maneira que não era capaz de articular nem uma única palavra. O sr. de la Vega foi rápido em abrir a porta de acesso à biblioteca. As suas mãos tremiam, e um verdadeiro bloqueio o impedia de distinguir a chave certa do resto. Os passos se ouviam mais fortes. Finalmente, pôde abrir a porta antes que os visitantes chegassem. Uma vez no interior, o sr. de la Vega correu até uma das prateleiras que davam a uma das paredes laterais. Sem hesitar, fez tanta força como pôde para deslocá-la, fazendo surgir a entrada de um quarto escondido, que evidentemente Enric desconhecia. Quando deixou espaço suficiente para que uma pessoa pudesse passar, ordenou:

— Vá, rapaz! Entre.

Enric ficou imóvel sem saber como reagir.

— É que é muito escuro.

— Olhe, fiz muitas coisas de moral duvidosa nesta vida — disse, pondo uma caixa de fósforos no bolso de Enric. — Mas agora tento salvar a sua. Confie em mim e entre aqui dentro. É a sua única chance. Além disso, é melhor que fique com você do que nas mãos dele.

Enric achou que ele se referia ao diário do sr. Pius. Não quis discutir com o sr. de la Vega. Então, passou por aquela pequena entrada, enquanto o homen voltava a colocar a estante de modo que não ficasse visível. Apenas alguns segundos depois a porta da entrada da biblioteca foi aberta com violência.

— Raül de la Vega! — exclamou uma voz grave, simulando alegria em tom burlesco. — Quanto tempo! Olhe só! O que é tudo isso? — disse, enquanto se ouviam outros passos, como se aquele indivíduo não tivesse entrado só. O sr. de la Vega não respondia. — Roubou mais do que podia imaginar, de la Vega. Maldito rato! Achou que poderia enganar alguém assistindo à missa do domingo como se fosse um bom cristão?

— Eu não roubei nada! — respondeu, por fim. — Tudo isto é a minha herança familiar.

— A única herança que você recebeu é a de ser um ladrão, igual aos seus antepassados. Estou farto de bobagens. Me entregue o livro e a Lágrima.

— O livro? De qual livro e de qual Lágrima está falando?

— Não torne isso mais difícil, de la Vega, ou a coisa vai ficar feia — disse a voz em tom ameaçador. — Sabemos que você tem o livro faz tempo e a única razão pela qual permitimos que ficasse com ele é porque confiávamos nas suas capacidades para encontrar a Lágrima. Sinceramente, há muitos anos que nós não sabemos onde procurar. Se tivéssemos pegado o livro antes, qual seria a razão para continuar a busca? Mesmo assim, parece que você precisou recorrer ao jovem para encontrá-la. Obviamente você perdeu sua capacidade. Não pense nem por um momento que não sabemos todos os seus movimentos, de la

Vega. Só esperávamos o momento oportuno. Nós temos muito poder. Onde escondeu o jovem? Vocês dois entraram na casa. Mais cedo ou mais tarde vamos encontrá-lo.

As pernas de Enric começaram a tremer. Sentado no piso no meio da escuridão, abraçava os próprios joelhos, pensando somente em sair vivo dali.

— O que vocês acham, gente? — Voltou a dizer aquela voz sinistra. — Herança familiar, diz. Mas me parecem documentos da abadia. E para vocês?

Naquele momento Enric ouviu o sr. de la Vega gritar:

— Não toquem em nada disso, canalhas!

Em seguida, ouviu um golpe forte, como se algo se quebrasse. Seguido de um grito de dor que logo foi abafado. Infelizmente, o grito parecia vir do sr. de la Vega. Foi a última vez que o ouviu com vida. A voz sinistra começou a gritar com um dos homens que o acompanhava:

— Idiota! O que você estava pensando para atirá-lo contra a mesa onde estava o lampião? Peguem tudo isto e vamos embora ou seremos descobertos.

— Mas, senhor, o rapaz. Temos de encontrar o rapaz. Ele sabe onde a Lágrima está. Não podemos ir embora agora que estamos tão perto — disse outra voz, que Enric não tinha escutado até aquele instante.

— Ah, sim? Fique aqui se quiser. Acabará assado como ele. Logo encontraremos a Lágrima; agora não podemos nos arriscar. Temos de desaparecer!

Um silêncio eterno recaiu sobre o recinto, e parecia que finalmente aqueles homens tinham abandonado a biblioteca. Aquela era uma excelente notícia para Enric. A má é que, de repente, começou a notar um aumento de temperatura exagerado. Cheirava a fumaça, algo queimava. Sem perder tempo, procurou a caixa de fósforos que o sr. de la Vega tinha posto em seu bolso. Acendeu um com dificuldade por causa da escuridão e do tremor das mãos. A primeira coisa que viu foram dois castiçais dourados com quatro velas cada um.

Estavam rodeados de teias de aranha, e pareciam muito antigos. Ao acender as velas e ter uma luz mais intensa, descobriu com surpresa o que escondia realmente o interior daquela misteriosa sala. A biblioteca e o esconderijo pareciam construídos com uma finalidade muito diferente da qual o sr. de la Vega os utilizava. Com certeza ele já os havia encontrado assim quando comprou a casa.

As grutas subterrâneas formavam umas prateleiras de pedra natural, enfeitadas com diferentes objetos que, sem dúvida, eram uma coleção, além de livros e documentos. Um deles, Enric reconheceu como uma caveira de pedra, que tinha visto em alguma fotografia, e que tinha certeza de que pertencia a um capitel gótico de Creu del Terme.

Ao se aproximar dela, observou na parte inferior uma pequena placa metálica, com uma inscrição: "Capitel gótico da cruz do Mausoléu Montorch." Um arrepio percorreu a espinha de Enric. Conhecia aquela peça. Parecia evidente que o capitel pertencera à outra cruz pelo seu estilo arquitetônico e antiguidade. Mas nunca teria passado pela sua cabeça que poderia pertencer ao mausoléu de um vampiro.

O que mais lhe chamou a atenção foi que o sr. de la Vega havia preparado uma espécie de altar no meio da sala. Via-se um púlpito típico das igrejas. Acima, havia um grande livro que, a julgar pelo seu estado; devia ter muitos séculos. A sua capa era grossa e de couro e nela havia o desenho de uma cruz, que Enric já tinha visto em uma enciclopédia muito tempo antes. Era a Cruz de Tolosa. A cruz dos cátaros.

A tensão do momento não o permitiu prestar mais atenção ao livro. Mas sempre recordaria as suas páginas amareladas e escritas à mão numa língua que não compreendia muito bem. Possivelmente aquela língua fosse occitano antigo, a língua de origem das bruxas pagãs. Agora tudo fazia sentido. Tudo era verdadeiro, e eles sabiam. O sr. de la Vega tinha encontrado o livro das bruxas e não lhe disse nada.

"Na realidade, por que tinha que dizer algo?" Enric se perguntou inúmeras vezes por que o tinha deixado entrar com tanta facilidade na biblioteca. O sr. de la Vega não queria a carta da sua avó, mas sim encontrar o diário para conhecer a localização exata da Lágrima do Sol Negro. Como tantos outros durante séculos, desejava o seu poder. Por isso, o sr. Pius nunca confiou nele. O sr. de la Vega o tinha usado.

De repente, o calor ficou insuportável, e Enric começou a ficar sem oxigênio. Então, deu as costas para o livro e refletiu em como podia se salvar. Resolveu fazer força sobre a prateleira que cobria a entrada do esconderijo. O calor e a falta de ar o faziam pensar no pior. Se a situação fosse diferente, ele teria ficado lá durante horas até o perigo acabar.

Movido por uma injeção de adrenalina, e depois de um grande esforço, foi capaz de jogar a prateleira no chão. Fazendo isso, descobriu que a biblioteca estava envolta em fogo. Inclusive a porta de entrada que estava submergida num fogo tão intenso que chegava até o teto. Também pôde ver o corpo do sr. de la Vega queimando sob um oceano escaldante. "Pobre diabo." Na verdade, seu último gesto de tentar salvar a sua vida e a informação que lhe tinha proporcionado eram motivos suficientes para ser grato para sempre. Não tinha tempo. A fumaça não encontrava saída naquele cômodo, e Enric começou a tossir intensamente, enquanto tentava absorver os últimos vestígios de oxigênio.

A madeira das prateleiras se consumia com facilidade, devorada pelas chamas. Estas se alimentavam com as valiosas páginas de todos aqueles livros. Enric correu em direção à porta sem poder vê-la, coberta pelo fogo. Uma das prateleiras caiu com muito barulho ao seu lado, fazendo com que ele desse um salto que nem mesmo teria podido imaginar ser capaz de dar. Com um forte grito, nascido do medo e do instinto de sobrevivência, atravessou a muralha, cobrindo o rosto com os braços, e bateu com violência contra a parede do corredor.

Meio inconsciente pelo golpe, levantou-se do chão e continuou correndo pelos corredores inundados de fumaça. Os últimos metros foram angustiantes. Quase não podia respirar, e não via nada. Mas quando já achava que tudo estava perdido, conseguiu colocar a cabeça para o interior da sala de jantar do sr. de la Vega, onde o oxigênio ainda não havia sido consumido. Ficou por alguns segundos no chão. Quando percebeu que ainda não estava a salvo, reparou que o corpo não respondia com normalidade.

A casa, naquele momento, já estava cheia de fumaça e tinha de fazer um último esforço. Voltaria a ver Marina depois de tudo. Jurou para si que jamais se lembraria de toda aquela história, tal como Marina sempre recomendara. Mas, ao sair da casa, uma realidade pior o estava esperando. A área se encontrava rodeada de curiosos. Num primeiro momento, prestaram ajuda, mas olhavam para ele com muita estranheza, perguntando-se o que fazia ali.

— Não é o filho dos Isart? — disse uma voz em algum lugar ao seu redor.

Naquele momento descobriu que o pesadelo tinha apenas começado. O homem da cicatriz que o olhava de soslaio no mercado se encontrava no meio da multidão. Dessa vez estava acompanhado de mais três homens. Tinham de ser eles. Traziam às mãos documentos atados com fios dourados, tal como possuía o sr. de la Vega. Inicialmente, pensou que devia avisar à polícia, mas se perguntou o que aconteceria quando encontrassem o cadáver do homem. Haveria alguém que acreditaria que sua visita era amistosa, sendo o sr. de la Vega um dos homens mais solitários da vila? O que aconteceria quando descobrissem que morreu de forma violenta e não pelas queimaduras, como poderia parecer no início? Todo mundo o tinha visto sair da casa dele. Sem dúvida, seria considerado responsável. Quem iria acreditar na sua história se nem ele mesmo acreditava? Ademais, todos os indícios foram queimado naquele porão. Seria, aos olhos de todo mundo, um ladrão e um assassino.

Enric tentava pensar rápido nos poucos segundos que tinha. Não queria ir para a prisão; não merecia isso. E, se ainda assim conseguisse se livrar, não parecia que aqueles homens estavam dispostos a deixá-lo em paz. Com muito medo por causa daquela ideia, saiu correndo tanto quanto as pernas lhe permitiam. Os vizinhos começavam a apontar Enric como o autor do acidente. A sua única saída era ir para bem longe. Mas não podia ir embora sem antes procurar Marina.

O homem da cicatriz sinalizou para os colegas para que seguissem Enric, mas ele tinha vantagem. Conhecia muito melhor as ruas da vila. Conseguiria enganá-los por algum tempo. Correu como pôde até a sua casa. Sabia que tinha pouco tempo. Com certeza os homens sabiam onde morava. Precisava pegar o dinheiro que escondia numa caixinha metálica no porão e sair tão rápido quanto fosse possível. Em poucos minutos já estava no porão com a caixinha entre as palmas das mãos cheias de fuligem. Não podia deter o tremor, tão intenso que fez com que todo o dinheiro caísse no chão. Enquanto o recolhia ajoelhado, a porta do porão se fechou atrás dele. O seu sangue congelou.

— Olá, rapaz! Estávamos esperando por você.

Enric se virou, notando dois homens corpulentos atrás dele. Vestiam o mesmo tipo de casacos e luvas que o homem da cicatriz. Supôs que eles tinham antecipado a sua fuga. Não queriam deixar provas de nenhum tipo e, para encobrir os rastros, precisavam se livrar dele.

— Por favor, não me façam mal. Eu tenho dinheiro — disse, erguendo a mão para mostrar o maço de notas que era toda a sua economia. Os dois homens se entreolharam e começaram a rir.

— Olhe, vamos te matar de qualquer jeito, mas obrigado pelo dinheiro. Pensando bem, pode ser uma boa ajuda — disse friamente o homem que tinha a expressão mais cruel dos dois.

— Quem são vocês? — perguntou, gemendo. — São adoradores do Diabo, não é verdade?

— É um rapaz muito inteligente — disse com um olhar feroz. — Mas isso foi a sua perdição. Nós não existimos, e você não será mais do que outra pessoa desaparecida. — O homem sacou uma faca e acariciou a lâmina. Enric cobriu o rosto com as mãos. Sentiu o anel que o sr. Pius lhe deu, enquanto esfregava o rosto molhado de lágrimas. Naquele instante, aconteceu algo estranho. A caixinha de música da sua avó começou a soar inexplicavelmente, ante o desconcerto daqueles dois homens. O que segurava a faca olhou na direção da música, inquieto.

— Que caralho é isso? Tem alguém aqui?

O outro indivíduo localizou a caixa na parte mais alta da prateleira. O de expressão cruel não parecia gostar daquela música e gritou enquanto dava um chute no móvel:

— Pare!

O móvel começou a tremer e, antes que o homem pudesse se afastar, a prateleira caiu em cima dele com muita violência. Morreu com o peito esmagado. Enric continuava com as mãos no rosto. O outro indivíduo não conseguia acreditar no que acabara de acontecer. Ele tinha evitado o golpe de um salto com bastante habilidade. Então, foi procurar a faca do colega.

— Vou acabar com você agora mesmo, rapaz!

Tudo isso deu uns segundos a Enric. O medo o havia paralisado, mas o seu cérebro era hábil e pensava com rapidez. Olhou para a picareta do seu avô, a mesma que usou no dia anterior para cavar a horta do sr. Pius. Pegou-a tão rápido quanto pôde e, no momento em que o indivíduo estava virando com a faca nas mãos, Enric bateu nele com toda a força que tinha. Foi um golpe seco. Sabia que o tinha atingido; o homem nem gritou. Quando se atreveu a abrir os olhos de novo, ajoelhado no chão e respirando com muita dificuldade, viu que o golpe da picareta o havia matado. O indivíduo estava morto ao lado de seu colega no chão do porão.

"Meu Deus! Eu o matei! Tirei a vida desse filho da puta!", pensou, sacudindo as mãos. Enquanto tentava acalmar os nervos, viu que um maço de documentos atados com uma fita dourada, que teriam roubado da casa do sr. de la Vega, caíra de um deles. Agora sim, estava completamente perdido. Mais duas mortes e dessa vez em sua casa. Com provas físicas de sua presença na casa do sr. de la Vega. Tinha que fugir da maneira que fosse. Além disso, o homem da cicatriz não demoraria a chegar. Saiu dali sem fechar a porta da entrada. Correu tanto quanto pôde até chegar à casa de Marina, entre os olhares de surpresa da vizinhança. Bateu à porta sem parar e com impaciência. Marina abriu. A princípio, parecia que queria brigar com ele pela insistência, mas, quando o viu sujo e machucado, ficou assustada.

— Enric! O que aconteceu? — exclamou, enquanto o fazia entrar na casa.

— Marina, por favor, me abrace. Achei que nunca mais a veria — disse, com lágrimas nos olhos.

— Mas, Enric, o que...

— Agora não posso explicar. Pegue o que for importante, temos de ir embora imediatamente — disse, enquanto Marina limpava o sangue de seu rosto com um pano úmido.

— O que você quer dizer? Ir embora daqui? Para onde? Enric, está me assustando.

— Marina, confie em mim, por favor. Eu não tenho muito mais tempo.

— Enric, você sabe muito bem que eu não posso ir. Tia Hermínia está muito doente, e a minha obrigação é cuidar dela do mesmo modo que ela o fez quando fiquei órfã — disse, visivelmente chateada.

— Eu compreendo. Acredite que não há nenhuma outra opção. — Seu rosto passava determinação. Enric entendeu que não conseguiria convencê-la de modo algum. — Não há nada que eu possa fazer para mudar a sua opinião? Quero estar contigo o resto da minha vida — disse, pegando-a nas mãos. Marina negou com a cabeça, ao mesmo tempo emocionada e confusa com suas palavras. Enric pôde notar como o coração se partia em mil pedaços. — Escute-me, anjinha — disse com dificuldade, enquanto muitas lágrimas deslizavam pelas bochechas —, você irá ouvir coisas horríveis sobre mim. Não são verdadeiras, preciso que acredite em mim. Amo você, Marina.

— Eu também te amo, Enric, mas não entendo...

Enric afogou as palavras de Marina com um beijo. Depois pôs no dedo dela o anel que ganhara do sr. Pius.

— Não se esqueça de mim, nunca. Eu não vou esquecer você. Adeus, Marina — disse, enquanto cruzava a porta pela última vez.

O passo seguinte foi apanhar um trem na estação de Martorell em direção à Barcelona. Uma vez lá, procurou o único destino possível para ele: Pierrefonds, onde seus pais tinham ido morar uns meses antes. Um novo país, uma nova vida, um lugar onde nem a justiça nem aqueles homens iriam segui-lo. Ninguém na vila sabia exatamente onde moravam os seus pais. As poucas pessoas que sabiam não tinham sido capazes nem de pronunciar aquele nome. Lá poderia contar com a ajuda deles. Lugares cada vez mais desconhecidos passavam diante da janela do trem. Podia sentir a sua alma fugir através das janelas do vagão. Queria ficar com Marina em Esparreguera, porque a própria alma já não era dele. Era dela. Podia sentir uma pressão no peito provocada pela própria tristeza. O destino a tinha posto diante de si sem que ele a procurasse e agora que não podia imaginar a vida sem ela, a tinha roubado com a mesma rapidez. A única coisa que levou de sua vida anterior foi o diário do sr. Pius Domènech, que tanto havia demorado a encontrar e que não serviria para provar a sua inocência. Quem iria crer num antigo diário escrito por um homem do campo que contava sobre vampiros?

Diário de Pius Domènech

15 de janeiro de 1885

Amada Glòria,

Hoje, como todas as tardes, entrei no quarto dos meninos. Já deve saber. Suponho que deve ter me visto rezando cada dia pelas suas almas. Não sei, suponho que não quero perder o costume. Como quando os agasalhava antes de dormirem. Às vezes, revivo as minhas lembranças de forma tão intensa que parece que ainda estão aqui. Mas a realidade me devolve a esta vida solitária que eu não queria ter. Entende? Hoje recebi uma visita surpreendente. A noite se apresentava crua e turva. Uma noite de presságios incertos que sobrevoavam o nosso telhado. De repente, notei passos que se aproximavam com certa diligência.

Perguntava-me quem seria àquela hora. Avancei silenciosamente para a porta. Os passos pararam justamente na frente, enquanto eu segurava o atiçador da lareira. Em seguida, alguns golpes tímidos na porta e uma voz inconfundível que me chamava do outro lado conseguiram me acalmar. Quando girei a chave e abri a porta, eu disse:

— Padre Roig. O que o senhor está fazendo aqui a essa hora?

— Já irá entender. Posso entrar? — disse, apontando para o interior e olhando ambos os lados, inquieto.

— Claro. Desculpe, padre. Entre. Sinta-se em casa — respondi.

Padre Roig e eu conversamos por meia hora, bebendo um copo de aguardente da terra.

Tive a sensação de que queria dizer alguma coisa, mas parecia não saber como.

— Diga, padre, qual é o motivo da sua visita? — perguntei, tentando animá-lo a falar.

— Você é muito observador. Acho que fiz bem em escolher você — respondeu enquanto bebia a aguardente sem deixar de olhar para mim.

— Me escolher para quê?

— Pius, isso não pode continuar. — Deixou o copo vazio na mesa. — Muita gente está morrendo na Colònia Sedó.

— Eu sei. Mas eu achava que era o senhor quem não aceitava a situação. Por acaso, já não acredita que se trata de mordidas de bestas selvagens do bosque?

"As pessoas que se instalaram na Colònia Sedó também se negam a crer nas histórias de mortos que se levantam das sepulturas. Creem que são apenas histórias da gente da aldeia. Tem lógica. Não é algo que se pode solucionar fechando os cemitérios para que o povo não possa entrar.

"É verdade que há poucos testemunhos de pessoas vivas que tenham visto esses demônios. Mas também é certo, e desculpe, padre, que a Igreja não ajudou muito para que as suas vozes fossem escutadas. — Padre Roig acenou enquanto enchia o copo, aceitando a crítica com resignação. — Mas como isso se relaciona comigo? — continuei."

— Pius, pela primeira vez a Abadia de Montserrat tem considerado levar a sério a situação. Parece que querem enviar à aldeia alguns monges franceses beneditinos que sabem como eliminar os demônios. Chegam amanhã à tarde e se hospedarão aqui, em Esparreguera. Porém, não podem fazer isso sozinhos. Precisam da nossa participação. É a nossa vila, não a deles.

— Finalmente a abadia decidiu nos ouvir? O que aconteceu na Puda foi grave, certo? — falei, tentando provocá-lo.

— Evidentemente, a situação os fez refletir — respondeu com uma sinceridade assombrosa.

— Claro, o que significa a morte de centenas de camponeses e obreiros em comparação à morte de um membro da burguesia barcelonesa? — Padre Roig não disse nada. — Padre, o senhor pensou em ir de casa em casa convencendo os aldeões a participar?

— Na verdade, não. A sua é a única que tenho intenção de visitar — respondeu, olhando para mim enigmaticamente. — O prior me pediu para formar um esquadrão de homens valorosos e escolhesse um líder. Sob as ordens da abadia e dos monges franceses, claro — disse. — Pius, eu quero que você seja esse líder.

— Eu? — respondi, surpreso. — Sou apenas um pobre camponês. Não sou capaz de liderar nada!

— Claro. Pius, você é um homem forte e valoroso, e a sua alma é pura. Você é um bom cristão e um homem bom...

— Desculpe, padre — interrompi —, mas acho que o senhor não está me contando o que está acontecendo de verdade. Acha que eu sou o homem ideal porque sabe que odeio esses monstros com todo o meu coração. Sabe que eu lutaria até a morte, porque quero vingar os assassinatos dos meus filhos. Sabe que eu não tenho nada a perder.

Padre Roig ficou consternado, mas, antes que pudesse dizer qualquer coisa, continuei:

— Sabe? Está certo. Mas não farei isso pelo senhor nem por Deus. Farei isso para implorar por clemência. Pode ser que seja uma oportunidade para salvar as almas dos meus filhos. Pode apostar que darei meu sangue se for necessário.

O padre ficou aliviado.

— Mais uma coisa, Pius. Segundo o prior, a origem de tudo pode ser uma relíquia criada por meio de antigos rituais pagãos. Estou falando de bruxaria.

— Sim, o meu pai tinha me falado da lenda de...

— Pode não ser uma lenda — interrompeu. — Pelo menos é o que pensa o prior.

— Se ele disse isso... — respondi, incrédulo e bebendo o último gole de aguardente.

— No caso de ele estar certo, é de vital importância localizá-la. Se não conseguirmos e a relíquia voltar a cair em mãos erradas, tudo isso poderá ser inútil. É a nossa última oportunidade para acabar com tudo. É por isso que prefiro que não fale com ninguém, nem sequer com os monges. Eu sei que posso confiar em você, mas não sei se o resto também merece a minha confiança. A relíquia se encontra sob a custódia da abadia. Eles saberão o que fazer.

— Está bem, padre. Terei isso em mente — respondi, lisonjeado pela extrema confiança que ele parecia depositar em mim.

O padre Roig parecia estar satisfeito. Enquanto nos despedimos, perguntei:

— Quando está pensando em conversar com os moradores da aldeia?

— No domingo durante a missa matinal. Não falte. Terá que me ajudar — respondeu, colocando o chapéu preto, indo em direção à entrada com a mesma pressa com que tinha chegado. A realidade era de que a noite se aproximava e padre Roig tinha medo dela também.

16 de janeiro de 1885

Amada Glòria,

A noite passada foi tão fria e escura que tive a sensação de estar nas profundezas de um poço de gelo. Se tivesse ficado em casa, perto da lareira, não estaria com esse resfriado. Mas não queria perder a chegada dos homens aos quais deveria ajudar a eliminar o mal da aldeia.

Na verdade, ainda não acreditava naquilo completamente, então precisava vê-los em pessoa.

Decidi esperar aos pés da igreja, movendo o meu corpo a todo momento para não congelar.

O céu estava escuro, e a tranquilidade fez com que os aldeões ficassem nas suas casas. Eu tampouco queria ficar por lá muito tempo. Mesmo assim, a proximidade da igreja me deu certa confiança.

De repente, um murmúrio distante rompeu o silêncio daquele entorno cinza. Em poucos segundos, comecei a escutar galopes de cavalos quebrando o silêncio sepulcral. O primeiro que vi foram duas luzes que pareciam os olhos de um dragão atravessando a espessa névoa. Quando se aproximaram, pude distinguir uma carruagem preta conduzida por um homem com o rosto escondido sob um chapéu e um confortável casaco largo, que agarrava as rédeas de dois musculosos cavalos também pretos.

Quando passaram pela minha frente, tentei olhar através das janelas da carruagem, mas a escuridão do interior era muito mais crua do que a que havia na aldeia. Ainda assim, pensei ter visto uma minúscula luz se movendo.

Fiquei ali parado, observando a carruagem mergulhar na névoa. Dirigia-se para a rua Cavallers, com a intenção de se alojar em uma das pousadas.

Será possível? Existiam homens especialistas na aniquilação de vampiros? Eles poderiam realmente nos ajudar?

18 de janeiro de 1885

Amada Glòria,

Eram 9h45 da manhã de domingo. Todos os assistentes se reuniram na missa num silêncio reflexivo. Esperávamos que o padre Roig retomasse a cerimônia com um dos seus discursos finais.

Habitualmente, utilizava-os para demonstrar como poderíamos ser mais misericordiosos, mais fiéis. Mas hoje seria muito diferente. Não contei a ninguém sobre a visita na qual o padre me confidenciou suas intenções. Para dizer a verdade, eu estava muito curioso para ver a reação da aldeia diante de uma petição dessa magnitude.

O padre Roig refletiu por mais tempo do que o habitual.

Imagino que estivesse mergulhado na difícil escolha de palavras, ainda que fosse um orador muito bom. Finalmente, levantou a cabeça sem separar as mãos em forma de oração. Em minha opinião, atuou muito bem.

— Queridos fiéis, a parte final da missa de hoje tem uma característica muito especial. Tenho o orgulho de comunicar a vocês uma notícia sem precedentes. Uma notícia muito importante e que, ao mesmo tempo, implica uma grande responsabilidade para todos. Como vocês sabem, a nossa aldeia está amaldiçoada, e os demônios passeiam há séculos por nossas ruas quando o sol se esconde.

As palavras do padre surpreenderam os paroquianos. Mas também vi terror em seus olhos. Alguns começaram a chorar. Outros baixaram a cabeça para não ouvi-lo, fazendo o sinal da cruz.

Padre Roig continuou a oratória energicamente:

— Chegou o momento de fazer frente aos nossos medos e lutar por nossa liberdade. De parar de fingir que isso não é real.

O céu está a ponto de clarear para sempre, para nos abençoar. Finalmente as nossas orações foram ouvidas. A abadia decidiu atuar. Sob a sua guia e proteção, estou seguro de que não há inimigo que possa ganhar. Nós somos os filhos de Deus — disse, erguendo a voz. — Pius, suba ao altar comigo — disse, convertendo a minha pessoa no centro das atenções. — O prior me pediu para formar um esquadrão de aldeões valorosos, capazes de enfrentar qualquer criatura maligna. Eu respondi que aqui, onde tenho a honra de representar Deus, não faltam homens com coragem. Em dois dias apresentarei a vocês cinco monges beneditinos que estão vindo da França. São especialistas na aniquilação de vampiros pela Europa. A chegada deles é uma bênção que não podemos desperdiçar.

— Chega! — disse Julio, das últimas filas da paróquia. — Vampiros? Que vampiros? Não era isso o que você dizia? Eu achava que a igreja não aceitava a existência deles. Inclusive, diziam que as superstições eram pecado! Agora creem em vampiros? Que coincidência! Diga, padre, o prior também aniquilará os vampiros? Ou somente nós é que teremos que perder até a última gota de sangue? Pelo menos o senhor virá conosco, não é? De fato, foi o senhor que se incluiu todo o tempo. "Ninguém poderá nos vencer!" — ridicularizava Julio, imitando a voz do padre. — Temos de acreditar nas mesmas pessoas que silenciaram a nossa voz durante séculos? Aqueles que nos fizeram acreditar que somos uns aldeões incultos e supersticiosos? — perguntou Julio.

A voz do povo quebrou o silêncio do templo sagrado como nunca se havia visto antes. Julio não era um homem muito religioso. Assistia à missa para agradar à Laura, sua esposa, que não parava de puxá-lo pela manga do casaco suplicando que se calasse.

Por outro lado, padre Roig parecia furioso pela intervenção.

— Chega, Julio! Esta é a casa de Deus. Você acha que pode questionar a Sua vontade? — disse, gritando e com o rosto de um vermelho incandescente.

Vendo a gravidade da situação, decidi intervir. Dei um tapinha nas costas do padre, sinalizando que gostaria de falar, e me aproximei do púlpito.

— Atenção — disse num tom de voz bem alto.

Quando fizeram o silêncio necessário, continuei:

— Todos sabem o que está acontecendo na aldeia. Durante séculos temos tentado nos proteger do feitiço. Inclusive, queríamos acreditar que eram só histórias dos idosos do povoado e que as pessoas morrem por causas naturais. Mas nos protegemos à noite porque, na verdade, temos medo dessas histórias. Todos têm visto as marcas no pescoço de muitos dos nossos defuntos. Eu não sou um mestre na guerra, mas sei que não conseguiremos nada assim. Nossa única chance é nos unirmos contra eles. Ninguém sabe muito sobre vampiros, só que a cada ano temos que lamentar que nos roubem nossos entes queridos. Pais, irmãos, filhos...

A maior parte dos presentes teve pena de mim quando disse essas palavras, mas não foi a minha intenção. Continuei:

— Por que temos que aceitar que seja um costume? Não temos o direito de viver sem medo? De desfrutar das pequenas coisas, como tomar um ar enquanto estamos olhando as estrelas? De ter doces sonhos ao dormir em vez de pensar que sobre o nosso teto pode haver um ser maligno esperando a oportunidade para nos devorar?

— Pius — interrompeu Julio, aos pés do altar. — Você é um bom homem, e todo mundo concorda com isso. Mas você tem de compreender que a minha situação e a de muitos outros não é a sua. Se eu morrer, o que acontecerá com os meus filhos?

— Precisamente por isso, Julio. Não fazemos isso pelo padre Roig nem pelo prior. Fazemos isso pelos seus filhos, e pelos filhos dos seus filhos. Eu posso assegurar a você que daria a minha vida para ter uma segunda oportunidade de proteger os meus. Irmãos, ninguém tem a obrigação de se unir à tarefa que nos é atribuída. Amanhã à tarde eu estarei na pousada do Noi

Xic aguardando os voluntários. Se não houver ninguém, acompanharei os monges sozinho. Mas se há pessoas com a vontade de lutar, peço que vocês avaliem muito bem as consequências. Temos que ter plena convicção.

Dito isso, abandonei a igreja sob os olhares dos presentes que faziam comentários. Mas não prestei atenção.

19 de janeiro de 1885

Amada Glòria,

Hoje foi o grande dia. Esperava as seis da tarde chegar com muita impaciência. Fiquei com um copo de aguardente no banco do bar da pousada por mais de uma hora. Tinha a esperança de que o corredor se encheria de voluntários decididos a lutar.

A resposta foi muito boa, e isso me encheu de orgulho. A minha alegria atingiu o auge quando Julio cruzou a porta de entrada. Olhamos um para o outro com um sorriso cúmplice e nos abraçamos fortemente.

A tarde estava tranquila e os ânimos dos homens que se agrupavam na mesa crescia cada vez que um novo voluntário se somava ao nosso grupo.

A verdade é que, quando o padre Roig nos pediu para formar um esquadrão para lutar contra aqueles monstros, não podia ter imaginado que haveria tantas pessoas dispostas. Já éramos dezessete dos homens mais corajosos da aldeia. Uma quantidade enorme de jarros de cerveja e músicas chulas circulava pela mesa. Era um bom momento para estreitar os laços.

Eram sete e meia e não esperávamos mais ninguém.

Então a porta da pousada se abriu. Montserrat, Júlia, Eulàlia, Maria, Elena e Sònia entraram e ergueram os olhos. Sinceramente, pensávamos que o motivo da sua visita seria muito diferente.

— Boa tarde — disse Montserrat. — Vejam, quantos voluntários! Aqui há algumas mais — falou ela com aquele sorriso inocente que nunca perdia.

Os machos meio bêbados começaram a gargalhar. Assim como a fazer brincadeiras. Montserrat e as outras mulheres ficaram, claro, ofendidas pela falta de respeito. De fato, eu tampouco achei graça. Mas elas mostraram uma valentia muito grande. Seria absurdo excluí-las por não terem a força dos homens.

Os vampiros não podem ser vencidos com força, são mais fortes que qualquer um de nós. A nossa melhor arma seria o valor e a coragem, e elas tinham as duas coisas. A presença delas tinha que ser honrada como a dos outros.

Marc, o prometido de Eulàlia, pegou a mão da noiva, recriminando-a pois com aquela atitude o deixava em evidência.

— Não faça isso comigo, Eulàlia. Sou o homem e é de supor que eu deva proteger você.

— Não permitirei que você vá sozinho, Marc. Sou de Esparreguera e quero lutar. Quero lutar ao seu lado.

Nesse momento, Marc deixou escapar um sorriso apaixonado.

A verdade é que ver a cena dava inveja. Marc e Eulàlia se amavam muito e tinham pensado em se casar no ano seguinte.

Mas o gesto dela só enfureceu os presentes que recriminavam Marc por ter fraquejado.

— De que lado está, Marc? Acaso é ela quem usa as calças? — diziam para ele.

Eu estava disposto a intervir quando a porta da sala voltou a se abrir violentamente. Em seguida, a figura de Mercè marcou presença entre os nossos olhares de surpresa.

Mercè era a carniceira da rua Montserrat. Tinha os braços grandes e fortes, e uma altura muito considerável para uma mulher. Era conhecida pela personalidade rude, sobretudo quando algum infeliz tentava um encontro com ela. Era uma mulher muito respeitada por todos.

Mercè tinha escutado as piadas do lado de fora. Só era preciso ver a sua expressão de raiva para se dar conta. Depois de repassar com o olhar os presentes, disse:

— Do que estão rindo, bando de farrapos? Do tamanho ridículo do pênis de vocês?

As moças começaram a rir, e eu tive que esconder os lábios sob a palma da mão. Mercè continuou a atacar:

— Padre Roig estava falando de coragem e valor, e a única coisa que sabem fazer é beber cerveja. Pelo bem da aldeia, vamos participar também. Alguma objeção? — disse, brandindo a faca de carniceira que tirou do bolso do seu avental.

— Você não tem um frango para esfolar? — retrucou Manel, com raiva.

— Não, não tenho! Mas como vocês são um bando de galinhas, talvez continue o trabalho aqui. Então, feche a boca ou vamos para a rua para que eu possa te depenar. Está bem?

Enquanto Manel se escondia, eu intervim.

— Bem-vindas, garotas. Escutem, é muito importante nos unirmos. Se todos colaborarmos, estou certo de que não perderemos. Nem sequer contra aqueles monstros. Compreendem?

Naquele momento, todos se olharam e pareceram se conformar, restabelecendo de novo a tranquilidade, para minha própria satisfação.

22 de janeiro de 1885

Amada Glòria,

Eram seis da manhã. Os voluntários se encontravam sentados nos bancos da paróquia. O frio era tão insuportável que congelava os ossos. Esperávamos com impaciência a chegada de padre Roig, que compareceria com os monges franceses. Já passava da hora prevista, mas finalmente apareceram pela porta lateral que conduzia ao altar.

Padre Roig nos olhou. Tinha um ar de decepção. Suponho que esperava um número maior de voluntários, mas, levando em conta as circunstâncias, eu considerava um grande êxito ter quase trinta pessoas dispostas a arriscar a vida.

Parei de prestar atenção nele. Eu e os outros nos focávamos nos recém-chegados.

Vestiam hábitos que eu nunca tinha visto. Usavam suéteres de lã pretos que seriam muito úteis devido às circunstâncias, e um escapulário vermelho com um distintivo que eu não conhecia.

Padre Roig os apresentou sem muitos preâmbulos, mas com bastante respeito. Chamavam-se: Gerome, Pratice, Léandre, Bastien e, o que parecia ser o líder, de idade mais avançada, Rasarit.

A presença do idoso se mostrava imponente. As feições eram duras e tinha um olhar rígido. A barba cheia era grisalha. Pouca altura, mas com as costas largas. O mais impactante eram os seus olhos de diferentes cores: um claro e o outro escuro. O seu olhar era intimidante. Possivelmente porque vira mais coisas que os olhos da maior parte dos homens. Pareciam intuir as nossas virtudes e defeitos antes que pudéssemos nos apresentar.

Os outros quatro monges pareciam guerreiros. Tinham entre trinta e quarenta anos, exceto Bastien, que não deveria ter mais de vinte e cinco anos. Os braços dele eram fortes, e claramente não serviam somente para orar. Não vi um sorriso em seus rostos nas sete horas de viagem, mas transmitiam segurança, coragem e valor.

Somente Bastien falava a nossa língua, pois nasceu em Perpignan, e me traduzia ponto a ponto as indicações de Rasarit.

Claramente era Rasarit quem dava as ordens.

Os voluntários estavam nervosos, logicamente, mas tenho uma grande confiança.

O primeiro passo será pesquisar os demônios nos cemitérios. Nós nunca tínhamos nos atrevido a profanar a terra onde descansam os mortos, mas, se eles pediram e o prior não se mostrou contrário, vamos continuar com as instruções sem protestar.

O acesso noturno aos cemitérios foi proibido tempos atrás, sobretudo ao cemitério da Santa Maria del Puig. Parece que esse será o nosso objetivo final, embora não saibamos o motivo.

Segundo Bastien, nesse lugar a influência do mal é muito mais forte. Mas isso não é uma novidade para nós. Parece que Rasarit quer que tenhamos certa preparação e conhecimentos antes de atuar.

A questão é que não sei como podem saber tudo isso. Os monges acabaram de chegar e parece que já sabem tanto. Melhor. Demonstram saber o que fazem.

A formação durou muitas horas. Nos ensinaram muito e nos deram muita preparação teórica. Aprendemos muitas coisas sobre os vampiros e a sua natureza. Falaram sobre as suas debilidades, nas quais teremos que focar, e nos ensinaram a transformar as nossas ferramentas cotidianas em armas.

Genis, o carpinteiro da aldeia, afiará estacas durante os próximos dias. Cada um dos monges tem uma lança de ferro com a ponta de prata. Dizem que essas lanças permitem perfurar o peito dos mortos-vivos, mantendo uma distância prudencial.

Parece que os primeiros monges que se dedicaram à caça dos vampiros achavam que a prata poderia matá-los devido à sua pureza sagrada. Muito tempo depois descobriram que isso não era verdade. Mesmo assim, continuaram usando as lanças com a ponta de prata como símbolo da sua vestimenta, da qual se destacam a cor preta e o escapulário, como se vestiam os primeiros monges beneditinos.

A caçada começará nos próximos dias. Não posso negar que temos medo, mas juro sobre os túmulos dos nossos filhos que darei a minha vida se for necessário.

23 de janeiro de 1885

Amada Glòria,

Na noite passada recebi a visita de um bom amigo, Martí. Ele também faz parte da guerrilha que lutará contra os vampiros. Você sabe que conheço Martí desde a infância? Os pais dele, como tantos outros, migraram do campo procurando um lugar de trabalho na indústria. Martí tinha apenas cinco anos quando chegaram à Colònia Sedó, onde os seus pais tinham encontrado trabalho no setor têxtil.

Tudo parecia ir bem, mas, após poucos meses, infelizmente Martí perdeu a mãe. Ela ficou doente de um mal estranho, segundo os médicos, e em poucos dias morreu. Desde então o pai cuidou dele, protegendo-o possivelmente em excesso. Na verdade, era a única pessoa que lhe restava neste mundo. O pai de Martí morreu há uns anos, mas nunca perdeu a expressão de tristeza desde a perda da sua mulher.

Martí e eu aquecíamos o pão e o queijo na lareira. Antes de comer as torradas, as mantínhamos entre as mãos para ficar com as palmas quentes nessa noite de tempestade. O vento fazia serpentear as chamas da lareira, e as velas dançavam ao seu som, projetando antigas lembranças da infância sobre as nossas próprias sombras. Enquanto viajávamos através do tempo, consumíamos grandes quantidades de fumo e aguardente.

A nossa ausência da realidade nos levou a nos embebedar. De repente, Martí ficou incapaz de falar, e a luz branca de um relâmpago desenhou nele uma expressão pálida. O seu olhar se perdeu em algum lugar daquelas viagens aonde seguramente não desejava voltar. Nem os efeitos do álcool podiam tirá-lo daquele buraco negro do passado. Não lhe dei mais importância, mas a pergunta que lhe fiz me levou sem querer àquele lugar onde parecia que Martí tinha ficado preso.

— Você não tem medo disto tudo, Martí? Tem família, quatro filhos. O que Marta faria se acontecesse alguma coisa com você? — perguntei com a mão no coração.

— Existem coisas que não compartilhei com ninguém, Pius — disse, ainda com o olhar perdido. — Mas é possível que não haja um melhor momento que este, nem melhor pessoa para fazê-lo. Você é um bom amigo; sabe que tenho muito apreço por você.

— Vamos lá, amigo! Pode me contar o que quiser — respondi, muito contente pelo comentário que tinha feito sobre mim.

Eu também o apreciava muito, mas suponho que o álcool ajudava a aumentar o meu estado de euforia. Um relâmpago caiu com estrondo para levar de uma vez meu sorriso embriagado. Naquele momento, Martí começou a sua história, e nos situou na cercania das ruínas do castelo de Esparreguera quando éramos apenas crianças.

— Lembro-me que só faltavam uns dias para o Dia de Todos os Santos. Era uma tarde de diversão. A plenitude do outono despia as árvores enquanto brincávamos de ser cavaleiros medievais. Nossos pais não nos deixavam descer até lá, mas isso era precisamente o que queríamos, ser intrépidos e valentes como aqueles que defenderam a nossa terra da invasão moura. Estávamos empolgados por achar que as paredes construídas sobre a colina do monte tinham sido testemunhas das batalhas. Mesmo assim, quando os nossos ossos se machucavam pelas pedradas e golpes de ramos convertidos em espadas, mudávamos de brincadeira por outras menos perigosas. Então, recorremos a uma das mais clássicas: o esconde-esconde.

"Já estava tarde, e o sol começava a se desvanecer entre uma espessa neblina, o que tornava o jogo mais divertido. Era o turno de Manel, que contava até cem enquanto eu gesticulava ao meu cão, Martell, para que ficasse sentado. Sempre me seguia para todos os lados, e todos os meus esconderijos eram descobertos por causa dele. No entanto, dessa vez, estava bem decidido a encontrar o esconderijo perfeito.

"Quando já havia me afastado bastante, a neblina era cada vez mais densa e, sem perceber, acabei na frente da entrada do cemitério de Santa Maria del Puig. Pensei que lá, com certeza, não ousariam me procurar. A espessa neblina acariciava os dentes de pedra avermelhada daquele antigo cemitério de um modo lúgubre. Tinha posto os pés ali somente no Dia de Todos os Santos, quando vinha com o meu pai rezar sobre o túmulo da minha mãe. Mas aquele palco cheio de vida, rodeado de flores de todas as cores e sob um céu azul acolhendo as orações dos devotos, tinha mudado por completo.

"Agora o céu estava cinza, escurecendo lentamente, de modo que a noite começava a anunciar sua chegada. Os gritos de uma garça sobre uma árvore despida era o único sinal de vida ao meu redor. Entrei na cidade dos mortos com muita curiosidade, mas um arrepio me advertiu que o medo não demoraria a me invadir. Comecei a ouvir pequenos ruídos. No princípio eram muito fracos, mas, lentamente, ficavam cada vez mais fortes. Parecia que o chão do cemitério cobrava vida, como se tivesse advertido a minha presença. E não era uma sensação; algo se movia ao meu redor. Um ruído de terra arrastada, o rangido da madeira antiga...

"'É você, Manel? Eu me rendo...', disse, muito assustado. A brisa era cada vez mais fria, e, acompanhada por uma voz feminina, murmurou:

"'Martííí...' Eu virei aterrorizado, mas atrás de mim não havia ninguém.

"'Manel, é você? Pare com isso. Está me ouvindo?'.

"'Martííí...', voltou a soprar o vento como se fosse o alento da montanha.

"Queria sair correndo, mas o medo paralisava as minhas pernas. A neblina estava tão densa que não era capaz de encontrar a saída. Então, uma sombra se moveu atrás de mim. Comecei a respirar rapidamente com os olhos bem abertos. Rogava ao céu que pudesse voltar para casa, são e salvo com meu pai.

"Então uma figura humana apareceu do nada. Era uma mulher que parecia se projetar diante de mim, por trás de mim... Ela aparecia e desaparecia no meio desse cenário enfeitiçado e, ao mesmo tempo em que o fazia, o som da sua risada travessa se ouvia de toda parte. De repente, a imagem dela ficou mais clara quando saiu de trás de uma estátua de mármore de um anjo que chorava lágrimas enegrecidas. Os longos cabelos ruivos escondiam o seu rosto. Mas sabe, Pius? Eu conhecia aqueles cabelos e também o rosto que escondiam. Aquela mulher não era uma estranha; era a minha mãe. Estava usando um vestido de seda branco e uma rosa escurecida entre as mãos. Ela olhava para mim fixamente, mas os seus olhos já não eram castanho-escuros, eram tão claros que poderiam ter me hipnotizado mesmo em meio à escuridão. A sua pele era branca como a neve, e a sua beleza se mantinha intacta. Talvez fosse até mais bela do que eu lembrava.

"'Mãe...', disse, entre lágrimas.

"'Martí..., venha, filho, quero te abraçar', dizia aquela voz que parecia vir de qualquer lugar, exceto dos seus lábios roxos. Ela começou a se aproximar de mim muito lentamente. Era como se nem mesmo movesse os pés sob o vestido. Mas o pior era a expressão dela. Quanto mais se aproximava, mais ela mudava, adquirindo um tom diabólico. E o sorriso, Pius... nunca teria achado que um sorriso pudesse ser tão ameaçador, tão maléfico.

"'Mãe, não!', disse, enquanto corria na direção oposta. Enquanto eu estava correndo, pude ver que algo se movia ao redor dos meus pés. Até notei uma mão branca que saía da terra diante de uma lápide muito velha. A sorte ou o instinto de sobrevivência me fez correr na direção da saída do cemitério. Já tinha quase alcançado a saída, quando aquele ser espectral me derrubou, pondo-se no meu caminho sem saber ainda como. Fiquei meio inconsciente. Em poucos segundos recuperei o sentido. As suas unhas compridas me arranhavam o peito me fazendo retorcer de dor. Ainda tenho as cicatrizes. Eram as mesmas mãos que um dia me acariciavam em seu colo entre doces canções de ninar. Eu tentava afastá-la de mim, mas os meus esforços eram inúteis.

"Numa das tentativas, arranquei um tufo de seus cabelos, mas não parecia que aquele ser conhecesse a dor. O rosto dela desfigurou de forma desumana. As maçãs do rosto estavam exageradamente salientes, e as suas mandíbulas se separaram de uma forma que pareciam a boca de um leão. Daquela boca surgiram duas presas gigantes que se lançaram sobre o meu pescoço e que teriam me destroçado se não fosse pela intervenção de Martell, que se atirou sobre ela, justamente quando se encontrava sobre a minha jugular.

"Comecei a correr sem olhar para trás como nunca tinha corrido. Podia ouvir a vampira gritar de raiva, além do choro de dor do pobre Martell. Nunca mais voltei a vê-lo. As lágrimas me dificultavam a visão, e não sei como consegui chegar a Colònia. Enquanto as pessoas da vila me olhavam, dois homens que fumavam sob a luz de uma lamparina a óleo me socorreram assim que perdi a consciência. Lembro que, no momento em que abri os olhos, o meu pai estava ao meu lado com o seu antigo chapéu entre as mãos e lágrimas nos olhos.

"'Pai, você não sabe...', disse, gemendo. O meu pai me abraçou com força sem dizer nada. Quando tive força para explicar tudo, a sua expressão era de descrença. Ele me recriminou por ter ido brincar no cemitério, sabendo que aquilo era proibido. Mas, sobretudo, ao mencionar a minha mãe defunta, ele negou-se rotundamente a crer naquela história. Não posso julgá-lo porque eu sei que não era fácil aceitar o fato, até que lhe mostrei os restos dos cabelos que ainda tinha na palma da minha mão, mesmo tendo perdido a consciência. A cor do cabelo dela era muito característica. Eu nunca mais vi alguém que tivesse os cabelos daquela cor, e pela expressão de terror do meu pai, acredito que ele também não. Durante as noites seguintes, ele ficou em meu quarto para que eu não tivesse medo. Ou era o que dizia. A verdade é que fazia guarda com a sua escopeta escondida atrás da cadeira.

"'Por que minha mãe queria me fazer mal?', perguntei ao meu pai em uma daquelas noites.

"'Fosse o que fosse, filho, posso te assegurar que não era a sua mãe', disse virando o rosto em direção à janela para que não o visse chorar. 'Ela te amava mais do que tudo neste mundo e nunca teria feito mal a você. A sua mãe teria dado a vida por você, Martí. Pode ter certeza'. Meu pai falou que aquilo parecia um pesadelo, que os pesadelos só acontecem de noite e que podem se assustar com alhos pendurados nas paredes. Então, como não podem entrar, tentam te tirar de lugares com aquele cheiro sob qualquer pretexto. 'Não os escute nunca, Martí', disse ele. Eu perguntei como eles conseguiam fazer com que saíssemos de casa. Não entendi naquela época. Mas, durante a minha infância, ao menos uma dúzia de vezes alguma coisa bateu à janela do meu quarto. Aqueles golpes eram sempre lentos e sutis, acompanhados por um murmúrio que atravessava as paredes e o teto do quarto. Era àquilo que meu pai se referia. Eu tampava as orelhas com o travesseiro e me embrulhava entre os lençóis até que desaparecesse."

Martí tampava as orelhas exatamente como fazia quando era menino.

— Sabe o que mais, Pius? Meu pai tinha razão. Aquele ser não era a minha mãe. De fato era o corpo dela e conservava a aparência que ela teve em vida, mas o mal a tinha transformado. Já não tinha a capacidade de amar, a caridade, a piedade e uma longa lista de qualidades humanas que se encontram dentro de nossas almas. Com a morte da alma se perdem essas qualidades. Assim passeiam por este mundo: vazios de vida, e sob o domínio do mal.

Uma lágrima deslizava pela bochecha de Martí.

— Quer saber por que estou fazendo isso agora? Porque não vou permitir que nenhum monstro do inferno se vista com os ossos de outro ser amado. Pelos meus filhos, pela Marta, pela alma da mãe... As pessoas da vila a tinham advertido muitas vezes que não passeasse com Martell de noite. Ela dizia que nesta vila estavam todos com a cabeça cheia de bobagens. Numa daquelas noites, ela chegou em casa e foi direto para a cama sem dizer nada. Martell, que então era só um filhote, entrou atemorizado atrás dela, escondendo-se entre as minhas pernas. "O que está acontecendo com Martell, mãe?", perguntei. Não me respondeu. Permaneceu na cama os três dias seguintes até que não voltou a acordar. Você entende agora, Pius? — indagou ele, enquanto eu pousava minha mão em suas costas. Martí se levantou da cadeira e saiu pela porta. A intensa chuva fez com que o perdesse de vista em seguida.

Estive pensando naquela história durante muito tempo. Então, um forte tremor sacudiu a janela, e o meu coração estremeceu. Parecia que a tempestade estava brincando comigo. Durante muito tempo, perguntei-me o que faria se os nossos filhos aparecessem convertidos em vampiros. Seria capaz de reagir, de agir como supostamente deveria fazer um filho de Deus? Ou o amor de um pai estaria acima de tudo?

26 de janeiro de 1885

Amada Glòria,

Passaram-se muitas horas e ainda me custa deter o tremor das mãos. Tomei um banho de água quente para relaxar. Fui incapaz de jantar. Tentarei manter a calma necessária para relatar os fatos que vivemos no cemitério paroquial. Eram seis da manhã e umas trinta pessoas da vila mais cinco monges cruzaram o pórtico da Igreja de Santa Eulàlia. O nosso objetivo: o velho cemitério já em desuso.

A igreja se elevava imponente aos nossos pés, e os monges pareciam admirar as dimensões do campanário. A verdade é que eu mesmo nunca deixo de me surpreender com a sua beleza. Meu pai sempre dizia que os nossos antepassados a construíram com muito suor e sacrifício. Que tiveram de pagar tributo durante mais de quarenta anos para levantar a pedra angular da nossa vila. Por conta deles, encontrávamos proteção entre as suas paredes.

Quando entrávamos no templo, os meus olhos sempre procuravam o magnífico órgão. Que lindo! Os anjos e santos de madeira pareciam cheios de vida, como se dessem as boas-vindas aos fiéis. De igual beleza eram as figuras do altar. Quando me ajoelhava à sua frente, me perdia nas cenas bíblicas que representavam. Que difícil deve ter sido entalhar figuras naquele mármore branco que se eleva até o teto.

Mas hoje foi diferente. Estava plenamente concentrado em nossa tarefa. Para chegar ao cemitério, poderíamos atravessar a pequena porta que se encontra na parede exterior que o rodeia e que há muitos anos decidiram fechar definitivamente. Outra opção seria a porta lateral da igreja. Rasarit preferiu esta última para desfrutar da máxima discrição possível.

Formamos grupos de sete pessoas; o líder de cada grupo era um dos monges, e Rasarit supervisionava tudo o que fazíamos. Não eram ainda seis da manhã, e o vento penteava as copas das árvores com um sopro gelado. Parecia que nos convidava a sair daquele cenário.

O cemitério paroquial foi fechado há muitos anos. Dizem que não permitiam enterrar os mortos na vila. Para alguns, era a primeira vez que pisávamos no que era o cemitério mais antigo do local. A verdade é que estava totalmente abandonado. A ação do tempo e os impulsos da natureza tinham deixado as suas lápides estragadas, torcidas e engolidas pela vegetação. Algumas nem eram visíveis, tais quais as suas inscrições. O cemitério em si é cheio de mistério. A sua ornamentação é de um estilo ainda mais gótico do que a própria igreja. Não podia imaginar isso. O muro que o rodeia e os ciprestes guardavam em segredo a sua autêntica identidade. Através dos olhares de pedra das suas esculturas, podia-se perceber o drama real que a vila oculta. Um drama mais decadente que a própria morte. Os olhos de mármore refletiam o nosso sofrimento através dos séculos. Os anjos de pedra, cobertos por um lençol natural de folhas e ramos, protegiam as tumbas, entristecidos. Tão ausentes de vida e tão reais que pareciam suplicar que o mal não levasse as almas daquele jardim esquecido de orações.

Praticamente ninguém na vila tinha alguém próximo enterrado nesse cemitério. Era o cemitério dos nossos antepassados. A verdade é que não tivemos muito tempo de tomar consciência de que tínhamos de desenterrar os mortos que descansavam, alguns há séculos, e destruir seus túmulos. Mas os monges enfatizaram a importância de destruir os cemitérios atuais e de queimar os restos mortais. Além disso, já haviam sido iniciados os trâmites para construir um novo cemitério quando tudo isso tivesse acabado. O curioso é que o Clos del Consolat não tem nem cinquenta anos.

O meu grupo era formado por Miquel, Martí, Sònia, Josep Maria, Elena e Ricard. O nosso guia era Léandre. Quando chegamos perto do primeiro túmulo que Rasarit indicou, Josep Maria deu um grito, enquanto limpava a lama do azulejo que impedia de ler o nome completo do falecido:

— Cruzes! Sinto muito, padre — retificou rapidamente enquanto Léandre olhava para ele fixamente. — Eu conhecia esta menina — disse, apontando para a lápide. — É a Marieta da casa Estruch. Sua mãe sempre a advertia para que voltasse cedo para casa como todo mundo, mas ela não obedecia nunca. Eu lembro perfeitamente porque era uma das moças mais bonitas da vila. Eu tinha menos de dez anos.

Nós olhávamos desconfiados. Em primeiro lugar, porque Josep Maria costuma exagerar as suas histórias para ser o centro das atenções. Já completou cinquenta e dois anos e a única coisa que tem na sua vida é o trabalho como tecelão em Colònia. Mas possui um coração enorme como poucos homens. É dos poucos que não têm uma família a qual proteger, e é por isso que a sua presença tem um valor duplo. Em todo caso, nesta ocasião não inventava nada. Depois de ter limpado a lama e o pó do azulejo se podia ler o nome de Maria Estruch i Colom 1815-1832.

O terror nos esperava escondido. Escuro e silencioso. Bem no interior daquele velho túmulo de madeira podre que acabávamos de desenterrar, entre o pó, apareceu uma jovem preciosa de pele branca. As bochechas eram rosadas e os lábios roxos. Parecia que tinha morrido havia pouco, mas a verdade é que fazia mais de cinquenta anos. O seu corpo se encontrava estranhamente coberto pela geada, e suas mãos repousavam sobre o coração. O mais curioso é que estavam sujas da mesma terra que cobria o túmulo. A defunta usava um vestido longo de cor creme manchado também de lama, como se tivesse se arrastado.

Léandre sacou uma estaca muito afiada da bolsa e uma marreta de madeira. Sem fazer barulho nenhum me entregou a marreta. Eu o entendi perfeitamente; era a minha missão como líder. Combati com todas as forças o formigueiro de nervos que invadia meu estômago. Em primeiro lugar, tinha de tirar as mãos que repousavam sobre o coração. Quando as toquei, estavam tão frias como a neve. A verdade é que não é fácil perfurar o coração de uma jovem de menos de vinte anos, ainda que estivesse morta. Quando me dispunha a enfiar a estaca, fechei os olhos. Léandre parou meu braço de repente, antes de dar o golpe da marreta. Com um gesto claro, indicou que tinha de ter os olhos bem abertos. Mordi meus lábios com força e, com uma pancada forte, enfiei a ponta da estaca em seu peito.

Deveria ter visto o que aconteceu a seguir, Glòria. A jovem abriu os olhos e, nossa, que olhos! Nunca vou esquecer daqueles olhos. Passaram só uns segundos e já ficaram vermelhos como se pertencessem ao próprio demônio. O grito dela estremeceu meu espírito. Os demais ficaram tão gelados quanto eu. Tampouco ousavam se aproximar. Era a primeira vez que víamos um vampiro tão perto. Foi impossível manter os braços firmes sobre peito dela. A morta-viva ergueu o tronco e o braço direito para se defender. Agarrou-me pelo colarinho e me alçou do chão como se eu fosse um simples verme.

Naquele instante, Léandre apareceu em cena, arremessando a lança com uma velocidade e precisão vertiginosas. A lança atravessou o seu peito. A vampira, de repente, parou de gritar, e, ao morrer pela segunda vez, sua expressão demoníaca havia desaparecido. Parecia que agora sim descansava em paz, ainda que o fizesse num vazio. Léandre estava de pé olhando a vampira com uma tranquilidade que deixou a todos petrificados. De fato, parecia que já esperava a nossa reação. Quando teve certeza de que ela não voltaria a levantar a cabeça, virou-se para nós a fim de nos lembrar que a tarefa precisa de enfiar a estaca é tão importante quanto as do resto do grupo, que deve segurar com força o corpo do vampiro até que esteja totalmente morto. Você não pode imaginar a força que eles têm, mesmo sendo muito mais débeis quando é de dia. Assim continuamos durante mais duas longas horas. Esse foi um dos dias mais duros da minha vida. Um dos vampiros quebrou o braço de Felip Massana enquanto se defendia da sua estaca.

Não pude evitar um arrepio quando Rasarit nos disse que tínhamos de estar agradecidos pelo fato de não ter morrido ninguém. Depois dedicamos toda a tarde a destruir e queimar o cemitério, juntamente com os restos daqueles que descansavam em paz.

Não sei como ele fazia isso, mas o tal Rasarit adivinha em quais tumbas se esconde um vampiro. Quando abríamos os túmulos, nos esperavam aqueles corpos sem decompor, com as mãos sobre o coração em sinal de proteção, segundo os monges. A pele é tão dura como o gelo. O mais difícil é manter a estaca cravada enquanto cospem a maldição. Os seus gritos ainda ressoam de vez em quando dentro da minha cabeça.

Quando cheguei em casa, deixei o olhar perdido um instante sem pensar em nada. Precisava de um momento de paz. Não tinha certeza de que poderia continuar. Já de volta à realidade, meus olhos focaram a figura de barro que nosso filho Lluís fez pelo meu aniversário. Sem dúvida, teria sido um grande artista. Eu tinha tanto orgulho deles, Glòria. Prometi-lhes que os protegeria e não consegui. Mas não falharei mais. Não pararei até que tenha convertido em cinzas o último daqueles monstros. Rasarit decidiu que devíamos descansar por dois dias antes de irmos ao Clos del Consolat. Esse homem é incrível. Quando acabamos, apertou minha mão para me felicitar. Enquanto o fazia, notei que tem uma força imensa. Tanto física quanto espiritual. Qual deve ser o seu autêntico poder? E de onde deve tirá-lo?

27 de janeiro de 1885

Amada Glòria,

Hoje fizemos a purificação do cemitério da estrada de Piera, o Clos de Consolat. O cemitério onde tive que enterrar vocês. Por esse motivo, a minha tarefa lá foi muito difícil e ainda mais em razão do favor que me pediu o padre Roig. Além disso, as coisas não saíram tão bem como no cemitério paroquial. No cerco, perdemos um dos nossos homens: Jaume Albareda. Morreu enquanto tentava atravessar o coração de um dos monstros. O vampiro cortou a sua jugular com as unhas e ele sangrou até a morte na nossa frente. Todos estamos muito tristes.

O caso dele despertava uma sensibilidade especial em mim. Era muito semelhante ao meu. Há alguns anos, Jaume era um homem muito feliz e risonho. Natural da vila, trabalhava na fábrica de espetos desde que era muito jovem. Lá conheceu uma moça da cidade de Salamanca: Carmen. Os pais dela tinham vindo morar aqui como muitas outras pessoas. Frutos do amor dos dois, nasceram duas meninas adoráveis, com cachos volumosos e pretos como os da mãe. Aurora, a mais velha, e Gina, a mais nova. A família vivia muito feliz, até que, numa manhã, o azar deixou Aurora morta aos pés da Creu del Terme. Os vampiros tinham destroçado uma família mais uma vez. Jaume, com o tempo, seguiu adiante, mas Carmen não. No ano seguinte, morreria vítima da sua própria tristeza.

Passados dois anos da sua morte, Jaume e Gina continuavam vivendo na mesma casa. Uma casa que tempos antes era cheia de alegria, decorada com plantas e vasos por todos os lados, agora via-se escura; mais silenciosa. Jaume, como era de esperar, protegia muito Gina, e, como o resto de nós, não queria que a filha ficasse fora de casa quando o céu começava a escurecer.

Era o inverno de 1872, um dos mais frios de que me lembro. Mantos de neve cobriam os telhados que, em troca, cuspiam com força a fumaça das chaminés. Jaume já ia para a cama. Precisava dormir bem cedo para ir trabalhar. Enquanto soprava a chama das velas, viu Gina através da janela. Esfregou o vidro com os dedos para ver com mais clareza. A menina estava sentada, de costas, acariciando a neve de um lado para outro com a palma da mão. Embora não pudesse ver o que vestia exatamente, notou que não levava roupas quentes para se proteger do frio.

— O que está fazendo aí fora? — disse Jaume, muito aborrecido. — Não sabe que é proibido sair de casa de noite? E está um gelo. Venha, volte imediatamente para dentro!

Sem dizer nada, a menina se levantou e começou a andar lentamente para a porta de entrada, tal como ordenou o seu pai. Jaume não conseguia ver a filha com clareza por culpa da tempestade. E os cabelos longos cobriam o rosto da menina. De repente, uma mão se pôs delicadamente sobre suas costas, ele deu um grito de horror que ecoou ao longo da montanha.

— Pai! O que você tem? Por que me chamou? — perguntou Gina, enquanto vestia um roupão grosso.

— Gina! Mas então quem...?

Jaume virou-se outra vez e dirigiu o olhar para a menina que tinha confundido com Gina. Naquele momento, o vento afastou os cabelos do rosto dela. Pai e filha descobriram com terror que a nova visitante não era nada mais, nada menos que Aurora, que tinha acordado do seu túmulo para voltar para casa. Bom, digamos aquilo em que ela se transformou. Pela sua pele pálida e as bolsas negras sob os olhos, ninguém a teria reconhecido como a menina alegre e cheia de vida que era. Agora Aurora se movia com muita velocidade. O seu sorriso era ameaçador. Jaume reagiu, dando um salto para o interior da casa, onde as lendas diziam que teria proteção, sem lembrar que previamente a tinha convidado a entrar.

Aurora entrou sem impedimentos e empurrou Jaume, que caiu no chão estrondosamente. As velas e o fogo da lareira se apagaram ao passo de Aurora, que avançava de novo para ele. O seu alento morto de fome ressoava pelas quatro paredes. Jaume, aterrorizado, tentava se afastar da vampira, que gritava como um animal com os olhos de lua avermelhados e desorbitados. Tinha o rosto endemoniado e dos seus dentes afiados destacavam enormes presas que se preparavam para perfurar o pescoço da sua vítima.

— Não, Aurora! Filha, por favor. Sou eu. Sou seu pai! — gritava Jaume, enquanto Gina puxava o seu braço em vão.

O rosto de Aurora mostrava uma satisfação malévola. Mas definitivamente não era um sorriso o que o rosto dela estampava. Não parecia um simples predador caçando sua vítima. Desfrutava do terror de Jaume. Ela se ajoelhou lentamente à sua frente. Abriu a boca de forma feroz sem deixar de encará-lo. Mas, naquele instante, a sua expressão mudou quando Gina, num ato de bravura, empurrou uma cabeça de alho, dos que tinha pendurados na entrada da casa, na boca da vampira. Agora Aurora rangia como um animal no matadouro. Retorcia-se pelo chão, adotando formas desumanas até que em um salto se perdeu por onde a neve rompia o horizonte mais escuro. Os gritos se perderam na distância. Jaume, machucado, se atreveu a respirar de novo, e Gina tinha se escondido num canto da casa. Depois daquela horrível experiência ela não voltou a dizer uma única palavra.

Em relação às tarefas no cemitério do Clos del Consolat, lamentamos que Elena não poderá continuar conosco. Ela se empenhou muito na tarefa, mas os anos de trabalho no campo afetaram as suas costas. Em contraste com outros cemitérios, a maioria dos aldeões tinha família enterrada aqui. Portanto, os monges, padre Roig e os voluntários decidiram que todos aqueles que morreram de maneira cristã fossem transladados para o novo cemitério. Mas isso não acontecerá com quem perdeu a vida nas mãos dos vampiros. Isso inclui os nossos filhos. Eu mantive uma boa distância da zona onde estavam enterrados. Gostaria de ter estado lá, mas as normas dos monges são claras: ninguém pode ficar perto dos túmulos dos seus familiares para evitar que os nossos corações nos traiam no pior momento.

Mesmo assim, fui o último a abandonar o cemitério. Observei durante horas como o fogo, que se projetava em meu olhar perdido, o devorava. Era a parte de mim em que o ódio e a vingança ficam de mãos dadas para soterrar a minha própria dor. Quando a escuridão começou a tingir o céu, levantei-me enquanto me lembrava que ainda tinha muito trabalho por fazer. Toda esta história, segundo Rasarit, tinha apenas começado.

29 de janeiro de 1885

Amada Glòria,

Essa tarde foi bastante tranquila, ao contrário das últimas. Acho que esses dois dias de descanso que os monges nos deram foram uma boa ideia. A maioria de nós ficou na praça da vila, compartilhando, orgulhosos, o que vínhamos experimentando nos cemitérios. Sonhávamos que, em poucos dias, as nossas ruas seriam um ninho de paz e tranquilidade.

Os monges, porém, não pareciam descansar. Só apareceram na parte da tarde. Na maior parte do tempo ficaram nas carroças da pensão, afiando as armas e conversando entre si. Posso imaginar a dificuldade de estar na pele deles. Estiveram quase toda a vida fazendo o que nós fazemos há apenas uns dias. Posso lhe assegurar que é uma tarefa muito difícil. Além disso, lutamos pela nossa vila, mas eles o fazem longe da sua pátria. Arriscam as suas almas por pessoas que não conhecem e que nem os entendem.

Eles, que já ganharam o céu, se colocam em perigo para ajudar o máximo de pessoas possível. É admirável. Tanto eu como o resto dos habitantes seremos eternamente gratos. Era quase noite e todo o grupo desfrutava de um bom jantar perto do calor da larcira. Este inverno está sendo especialmente rigoroso, o que não está nos ajudando muito. Bastien ficou perto de mim enquanto mastigava. Parecia desfrutar muito o pão da nossa vila e os embutidos que Josep nos ofereceu.

— Gosta do nosso embutido, irmão? — perguntei, apesar de poder deduzir a resposta pela maneira que comia.

— Ah, sim, sem dúvida! A butifarra[1] é realmente extraordinária. Mas sinto falta do vinho do meu país. Não se ofenda. — Eu

---

[1] Embutido típico da culinária da Catalunha, na Espanha. É preparado com carne de porco e com uma grande quantidade de pimenta, assim como outras especiarias. (N.A.)

balancei a cabeça. — É certo que aqui também o fazem muito bom, mas talvez seja o costume. As raízes são as raízes — disse com certa nostalgia.

— Tem razão — respondi. — Espero que tudo acabe logo e possa voltar vivo e gozando de boa saúde à sua terra. Brindemos por isso!

Depois de brindar, Bastien ficou mais sério, e quando terminou de mastigar, fez uma pergunta que me surpreendeu:

— Pius, conhece a família Bonaventura?

— Sim, claro, conheço! — respondi. — De fato, numa vila tão pequenininha o normal é conhecer todo mundo. Os Bonaventura são pessoas boas e têm três filhos. Jordi e eu brincávamos quando éramos meninos, e as irmãs são realmente maravilhosas.

— Pius, por favor eleja dois dos seus homens e se prepare, porque esta noite teremos trabalho.

— Esta noite? Mas qual...?

Bastien se levantou, colocou de novo a mão nas minhas costas e me deixou sem opção de perguntar algo mais. Às onze e meia da noite, os monges bateram à porta do meu quarto. Comigo estavam Martí e Miquel, como tinha ordenado Bastien.

— Estão prontos? — perguntou, sem esperar um não como resposta.

Assentimos sem saber para o que devíamos estar prontos. A única coisa que sabíamos é que nos dirigíamos à casa dos Bonaventura. Cheguei perto de Bastien para que ele me contasse o plano. Antes que eu perguntasse, ele mesmo começou a falar. Rasarit tinha detectado atividades estranhas naquela casa.

— Na casa dos Bonaventura? — perguntei, muito surpreendido. — Mas esta manhã vi a sra. Bonaventura no mercado.

— Você é muito amigo do filho deles? — prosseguiu, sem fazer muito caso do que eu acabava de dizer.

— Bem, já faz um tempinho que não nos reunimos, mas ainda tenho muita estima à nossa amizade.

— Pius, as referências que recebemos de você não podem ser melhores. Espero que a confiança que depositamos na sua liderança tenha sido uma decisão acertada. Precisamos que seja plenamente objetivo e responsável.

— Irmão, não tenha dúvida disso porque, caso contrário, vou me ofender. Sei que a vida que vocês levam não é fácil, mas lembre-se de que essa maldição levou os meus filhos.

Bastien assentiu e parecia entender que podia confiar plenamente em mim. Enquanto andávamos, a lua se escondia atrás de uma neblina traiçoeira que acariciava o campanário de forma doce e lenta. Chegando à casa majestosa dos Bonaventura, atravessamos o jardim que conduz à porta de entrada. Parecia ligeiramente abandonado. Eu me lembrava do lugar mais cheio de vida. O muro tinha sido invadido por uma espessa manta de trepadeiras. Batemos três vezes à porta. Ao se abrir, a madeira chiou, enquanto a figura pequena do sr. Bonaventura saía da escuridão. Parecia desconfortável por nos ver àquela hora. A verdade é que não parecia muito bem. Os poucos cabelos brancos estavam despenteados e não devia fazer a barba havia dias. Estava usando um roupão de cor cinza aberto e uma camiseta suja e amassada que não era própria de um homem na sua posição social.

— Pius, não o esperava, sendo sincero. Não é um pouco tarde? O que esses franceses fazem na minha casa? Não sabem que o que estão fazendo é ridículo? Os vampiros não existem, pelo amor de Deus! São superstições de gente analfabeta. — Uma gota de suor frio deslizava pela testa dele até a bochecha empalidecida. Olhava, nervoso, o seu relógio de bolso, e o seu hábito denotava um considerável consumo de uísque.

— Sr. Bonaventura, estamos aqui para ajudar. O senhor poderia nos deixar entrar? — pedi a ele com confiança.

— Não, claro que não podem entrar! A minha família está dormindo — disse, visivelmente chateado.

Os monges nem se importaram com aquelas palavras e entraram, passando na frente do sr. Bonaventura, que opôs uma débil resistência. Mas se queixava com energia, e também com um pouco de razão.

Rasarit olhava todos os cantos da casa, enquanto os outros monges esperavam as suas instruções. Martí, Miquel e eu os seguíamos sem saber o que estava acontecendo exatamente. A sra. Bonaventura e as filhas desceram pela escada de pijamas enquanto perguntavam assustadas:

— O que está acontecendo, Aureli? O que esses homens estão fazendo aqui?

O sr. Bonaventura ordenou que voltassem à cama com um grito.

— Eu tomo conta disto. Voltem para a cama imediatamente!

A sra. Bonaventura pegou as filhas pelo braço e as três se perderam escada acima. De repente, ouvimos um ruído que vinha da sala de jantar da casa. Era Rasarit, e o ruído era o de uma poltrona que ele mesmo tinha arrastado e que deixava visível uma entrada para o porão da casa. O sr. Bonaventura gritava com mais força.

— Não! Você não tem direito nenhum! — exclamou, tentando em vão afastar Rasarit do alçapão.

As suas reclamações eram inúteis, porém eu estava me sentindo mal. Afinal, estávamos na casa dele. Então, tentei acalmá-lo, dizendo que tudo acabaria logo. Descendo as escadas, nos aprofundamos na escuridão mais sinistra. Os corredores subterrâneos carregavam um cheiro intenso de umidade. Fiquei surpreso com as suas dimensões, que com certeza cruzavam a rua toda.

Descer até as entranhas da casa dos Bonaventura ficava mais sombrio a cada degrau. A escuridão não nos permitia ver onde colocávamos os pés e o eco de um gotejamento constante quebrava em algum lugar aquela quietude silenciosa. Quando chegamos ao final da escada, atravessamos uma velha porta de madeira muito deteriorada pela umidade. No interior, vimos centenas de ferramentas e utensílios antigos, e também grandes barris de vinho. A escassa luz das lanternas não permitia diferenciar muita coisa mais. De repente, Rasarit apontou em direção à parede oeste.

— É aqui.

Apontamos as lanternas naquela direção, expondo no meio da penumbra a figura de Jordi, o filho do sr. Bonaventura. Encontrava-se sobre uma antiga mesa de madeira, quase nu e preso pelas extremidades. As correntes eram muito fortes. Ele estava totalmente imóvel e pela cor da sua pele podíamos adivinhar que já não tinha vida.

— Sr. Bonaventura! O que aconteceu aqui? O que está fazendo a Jordi? — perguntou Miquel.

— Eu não fiz nada! Além disso, não é da sua conta. Está morto e tenho o direito de deixar os seus restos onde eu quiser. Saiam da minha casa imediatamente! — gritava, cheio de raiva.

Naquele momento, o campanário começou a anunciar as doze horas. Os sinos não tinham acabado de ressoar, quando um murmúrio que parecia vir do canto onde jazia Jordi nos assustou. Inconscientemente Martí, Miquel e eu procuramos o contato com os nossos ombros. Todos viramos a cabeça para o seu corpo, que voltou a emitir um ruído vazio sem mover nenhum músculo. Em seguida, os lábios de Jordi se mexeram, voltando a murmurar algo que não entendi. Mas aquela voz, Glòria, aquela voz não era a de Jordi. Jordi tinha uma voz dessas que cativam. Misturava o rico vocabulário e um tom delicioso com os quais encantava àqueles que o escutavam. A voz que soava no porão só podia ter se misturado com o rumor das paredes do inferno. Saía da sua boca como se fosse um poço, ressoando vazia e grave, mas ao mesmo tempo deixando um som inquietantemente estridente no final. Como o de um vidro chirriando.

Os dedos dele começaram a se mover sutilmente. Minhas dúvidas sobre o que tinha acontecido e o que fazíamos lá se dissiparam no meio de uma grande tristeza.

Patrice fez o gesto de se aproximar dele. Mas, naquele momento, coloquei minha mão em seu peito.

— Acho que é melhor que eu o faça, irmão.

Rasarit concordou, olhando para Patrice, que aceitou a ordem com um aceno de cabeça. Cheguei perto de Jordi lentamente, até onde as correntes não o permitiam se aproximar.

— Jordi... Jordi, pode me ouvir? — Perguntei, sem esperança de encontrar resquício de Jordi, nem nada semelhante a ele.

Jordi continuava com os olhos fechados e seguia murmurando com uma voz sombria uma sequência de palavras que eu continuava sem entender. Essa era a primeira vez que tinha a oportunidade de falar com um vampiro. Jordi levantou a cabeça, confuso. Os olhos tentavam se abrir sobre enormes olheiras roxas. Da boca entreaberta sobressaíam as presas. Quando por fim pôde abrir os olhos, mostraram-se vitrificados e claros. Os olhos de lua. Dessa maneira, acabava de nos confirmar que a maldição o capturara irremediavelmente. De repente, ergueu a cabeça para me encarar e com aquela voz infernal me fez estremecer quando vi que lembrava-se do meu nome.

— Pius... Faz muito tempo.

— Você me reconhece?

— Por que não o reconheceria?

A expressão não era própria dele. Olhava as correntes em ambos os lados com os olhos exorbitados. Depois, dirigiu-me um sorriso demoníaco e com ele me mostrou que, caso tivesse a oportunidade, me arrancaria a vida sem piedade.

— O que aconteceu aqui, sr. Bonaventura? — perguntei, procurando uma voz humana que me tirasse do pesadelo que era o olhar de Jordi.

O sr. Bonaventura fora derrotado pela situação e finalmente respondeu:

— Ele chegou no meio da noite com feridas no pescoço. Recusou-se a ir ao médico e passou o dia todo dormindo. Eu já imaginava o que havia acontecido. Então, o amarrei no porão com a esperança de que não acontecesse o pior. Já está vendo o resultado. Enquanto há vida, há esperança! Tem que haver alguma forma de...

— Vida? Aqui já não há vida, sr. Bonaventura.

Respondi tão friamente que me doeu até o último recanto do coração. Os seus olhos eram os de um pai desesperado. Quantas vezes tinha comido o melhor pão com azeite e chocolate na casa dos Bonaventura quando na minha casa não tínhamos nada?

Naquele instante, decidi prosseguir antes que as lembranças me traíssem.

— Jordi, você sabe em que se transformou? — perguntei, olhando novamente para o vampiro.

— Transformado? — respondeu, zombando.

— Está consciente de que o transformaram em um... Nosferatu?

Na realidade, usei aquela palavra que fazia sentido em algum lugar do folclore estrangeiro para não ofender meu amigo. "Vampiro" ou "morto" não me pareciam adequados. Jordi riu. Aquela risada era o eco do inferno.

— Nosferatu? — disse, zombando. — Você não sabe que essa palavra na realidade não significa nada? Talvez não seja tão rude e analfabeto quanto o resto, mas está claro que é somente um caipira.

Jordi sempre foi um rapaz muito culto. Era dos poucos jovens da vila que parecia que chegaria longe. Claro que em grande parte por causa da boa posição social da sua família, mas também porque sempre foi um menino muito inteligente.

— Acha que não sei o que veio fazer aqui? — continuou, com uma expressão ameaçadora. — Diga, Pius, o que de melhor vocês fazem? Tenho culpa de estar no topo da cadeia alimentar? Quem lhe dá o direito de eleger quem deve existir ou não? Tem culpa o leão de ser o que é? Viu alguma vez as zebras se juntarem em grupo para matá-lo? Com certeza não. Elas sabem que assim é a natureza. São vocês os que não aceitam ser a ponta do iceberg. Quanto mais cedo aceitarem, melhor para vocês. É assim que acontece.

Parou por um instante para passar a língua roxa sobre os lábios. Estava visivelmente sedento, e o sorriso ficou ainda mais malévolo.

— A propósito, Pius, como estão seus filhos?

— Você fala de natureza... — respondi, cheio de ira. — Mas de natural não tem nada, monstro, e quando tivermos arrancado sua cabeça poderemos chorar o amigo que algum dia viveu nestes ossos que profana.

— Você já perguntou aos seus amigos a origem disto que chama de maldição, Pius? — questionou, direcionando o olhar aos monges.

— Todo mundo sabe disso — contestei. — Foram as malvadas bruxas que...

— Malvadas...? — interrompeu Jordi, fazendo ressoar a voz com força por todos os lados do porão. — Será que não era a Igreja que você tanto ama que queria o controle absoluto da vila? Será que os bruxos seriam inimigos perigosos demais se algum dia usassem a magia contra a Igreja? O que eles deveriam fazer, Pius? Observar enquanto os queimavam nas fogueiras? Ou usar as suas armas para se defender? Ou talvez para se vingar. A vingança não é uma ação que possa ser criticada, não acha? O que você está fazendo agora a não ser vingando a morte dos seus filhos?

— É a magia do Diabo — disse para ele, com convicção.

— Os seus filhos têm muita sorte, Pius. Pelo menos eles não se tornaram fantoches desses hipócritas.

Ouvindo aquelas palavras, levantei o machado com um grito de raiva, enquanto o vampiro mudava a sua expressão por uma de ódio infinito. Tentava se livrar das correntes que o sujeitavam com tanta força que fazia tremer as paredes.

O sr. Bonaventura pegou os meus braços por trás, com uma força muito débil, tentando me impedir de atacar o ser que ainda considerava o seu filho.

— Não! Por favor, Pius! É o meu filho!

— Ainda não percebeu? Já não é o seu filho! — disse, com toda a intenção de eliminar o vampiro.

Porém, quando ia decapitá-lo, a lembrança de Jordi me abraçando no dia que enterrei os meninos me traiu. As lágrimas me impediam a visão no meio de um instante de dúvida. Foi então que Léandre cravou a sua lança de ponta de prata no coração do morto-vivo. A sua existência se desfazia entre gritos aterradores que ecoavam uma e outra vez pelas paredes do porão.

Enquanto isso, o pai chorava desconsolado apoiado em Martí. A sra. Bonaventura e as filhas tinham descido ao porão desobedecendo às ordens do chefe da família. Miquel as impedia de entrarem para evitar que a dor fosse mais traumática. Os monges encapuzados se perderam na escuridão, deixando os prantos e as condolências para aqueles que tinham estimado Jordi em vida.

30 de janeiro de 1885

Amada Glòria,

Não sei com exatidão o que é real ou não nos fatos que ocorreram ontem à noite. Conservo algumas imagens confusas na mente, mas também é possível que as tenha misturado com algum tipo de pesadelo. Era uma das noites mais geladas deste inverno, e o nevoeiro devorava o luar, fazendo com que a sensação de frio fosse ainda mais dura.

Estava sentado na frente da lareira, procurando me aquecer depois de jantar. Numa mão segurava a figura de argila que Lluís fez para mim com as suas mãozinhas. Na outra, tinha um copo de vinho cujo fundo vi vezes demais. Não me julgue mal; tudo o que estamos vivendo nesses dias me faz estremecer. Além disso, a maioria volta para casa com suas famílias pelas quais lutam, mas quando volto estou sozinho. Compreenda que algumas doses de álcool me ajudam a seguir adiante. Enquanto enchia o copo, uma sombra passeava pela parede da lareira penteando as chamas, que dançaram de um lado para outro. Tentava me convencer que tudo estava bem. De fato, quem nunca se assustou com a maldição que nos rodeia?

Poucos minutos mais tarde, alguma coisa bateu suavemente no vidro da janela da sala. Nessa ocasião, levantei-me num salto, deixando cair o copo que alimentava a minha embriaguez. Dirigindo o olhar para a janela, vi um morcego que parecia ficar me encarando, por mais cegos que sejam. Com as asas riscava a janela, como se quisesse entrar. "É só um animalzinho", dizia a mim mesmo, olhando ao redor para me assegurar de que tudo estava em ordem.

Mas, quando voltei a olhar para a janela, vi que o que arranhava o vidro naquele instante era uma mão pequena e pálida que se deixou cair suavemente, acariciando o vidro com a ponta dos dedos. Na verdade nem sei se o que vi era real. Estava bêbado demais. Aproximei-me lentamente para comprovar as marcas dos dedos que a mão havia deixado. Antes que pudesse olhar, o murmúrio de uma voz rompeu o silêncio da sala de jantar. "Paaai..."

Naquele instante fiquei paralisado. Aquela voz intrigante voltou a me chamar. "Paaai..." Parecia vir de toda parte. Tinha um som certamente estranho e misterioso. Era como se a palavra ecoasse uma e outra vez por todos os ângulos da casa.

Peguei aterrorizado o atiçador da lareira. A respiração e as batidas do meu coração tinham se acelerado. Havia chegado, finalmente, o dia que tanto temia? Ou talvez alguém tentasse me dizer algo do outro lado? Aquela voz era cada vez mais intensa e, de repente, disse: "Paaai, me ajuda." Aproximei-me da janela lentamente. Rasarit já tinha nos advertido que os vampiros sabiam o que pretendíamos e que tínhamos de tomar muito cuidado. Mas que dentro de casa estaríamos protegidos. "Aqui não podem entrar", repetia a mim mesmo para me tranquilizar, enquanto olhava através da janela.

Foi então que o nevoeiro se afastou maliciosamente e pude ver a figura de um menino na minha frente. Estava de pé na horta e tinha a cabeça abaixada, de modo que só se podiam ver os cabelos. "Pai, o que aconteceu comigo? Por que não me ajuda? Já não me ama mais?", dizia a voz que parecia sair de três bocas ao mesmo tempo.

Naquele momento, afundei-me em lágrimas de dor, fazendo deslizar minhas costas pela parede até o chão. E se fosse o meu filho? E se tivesse despertado da maldição e só estava confuso? Eu era seu pai e tinha de ajudá-lo! Quando nasceram, prometi que sempre estaria ao lado deles.

Movido por esse amor irracional que sente um pai, fui até a porta da entrada, decidido a sair. Talvez só quisesse abraçar mais uma vez o meu filho, apesar de amaldiçoado. Ainda que isso significasse o meu fim. Abrindo a porta da entrada, o sopro de ar frio me percorreu os ossos, enquanto observava com atenção a figura imóvel do menino. A lareira se apagou como se fosse uma simples vela.

Caminhei até ele com dificuldade. Tinha bebido tanto que não podia nem andar. O menino não se movia. "Lluís, é você?", perguntei, tremendo, quando já me encontrava a menos de dois metros dele. O menino levantou lentamente a cabeça. Era um morto-vivo, mas não era o nosso filho. Tinha um sorriso malicioso, impossível de encontrar na inocência de qualquer menino do mundo. No fundo fiquei contente de não ter que ver um dos meus filhos convertidos num monstro como aquele. Então, uma voz adulta e não menos estranha respondeu atrás de mim.

— Não, Pius, não é seu filho. Mas tínhamos de fazer você sair de alguma maneira. — Virei-me, sabendo que tinha caído numa armadilha.

Naquele momento, descobri com horror que conhecia o homem com quem estava falando. Tratava-se do meu pior inimigo. Bem, de fato, o único que tive. Era Antoni Molina. O bêbado malcheiroso que sempre esteve apaixonado por você, e que me odiava simplesmente porque você tinha me escolhido. A última vez que o vi, sorria com maldade, a metros de distância, no dia em que enterrei os meninos. A verdade é que eu teria adorado dar umas porradas com força nele, mas os vizinhos me seguraram enquanto se afastava entre risadas de júbilo.

Pouco depois, desapareceu e ninguém voltou a vê-lo. Estava muito diferente de como era em vida. Inclusive parecia que a morte lhe caíra muito bem, ao contrário do resto dos vampiros. Já não tinha a aparência de bêbado habitual com as veias vermelhas marcadas no nariz e nas bochechas, nem os cabelos sujos e despenteados que varriam as caspas das costas. Na verdade, não tinha nenhum cabelo na cabeça.

— Pius Domènech! Líder dos humanos. Não entendo por que escolheram um caipira como você. Veja como foi fácil te caçar — disse, sem demonstrar alegria, satisfação ou algum outro tipo de sentimento. O pequeno vampiro que o acompanhava parecia um animal faminto. Andava de uma forma estranha à minha volta, a um metro de distância, como se esperasse que o vampiro adulto lhe desse permissão para me comer.

Naquele momento, caí de joelhos, largando o atiçador. Minha visão estava tão turva que não podia adivinhar onde tinha caído. Era incapaz de fazer algum tipo de resistência. Eu me perguntava por que tinha bebido tanto. De repente, o vampiro adulto se pôs a falar sem que eu entendesse exatamente o que dizia. A princípio, pensava que estava me dizendo algo e tentei escutar com muita atenção, mas reparei que não era isso que acontecia. Pelas palavras das quais posso lembrar, acho que devia ter outro vampiro perto de mim. Presumo isso porque, em um determinado momento, Molina disse:

— Irmão, este humano é meu. Acredite em mim que ele pagará muito caro pelo que fez. Quanto aos restos do corpo, o pequeno ganhou o direito.

A última coisa que me lembro é da cabeça de Antoni Molina, ou o que restava dela, rolando no chão, e o vampirinho fugindo como se fosse uma besta assustada.

Pela manhã, acordei na horta congelado pelo frio, ao lado do vampiro decapitado. Os vizinhos tiveram que preparar uma banheira de água bem quente e um copo de leite quase fervente para me descongelar. Quando me recuperei um pouquinho, ouvi que falavam entre eles admirados e engrandecendo o meu valor, porque eu tinha sido capaz de eliminar um vampiro, sozinho. Expliquei para eles que não havia sido eu, no momento em que pude recuperar a fala. Mas, quando me perguntaram o que tinha acontecido realmente, não pude satisfazer ninguém com uma explicação clara e verídica. O certo é que não tinha nem ideia do que havia acontecido.

Rasarit decidiu que todos os voluntários passariam as noites juntos em um mesmo lugar. Quer nos manter unidos agora que os vampiros sabem que os estamos eliminando. Isso os torna ainda mais perigosos. Os proprietários da pensão chamada Noi Xic nos ofereceram os seus quartos até que tudo tivesse acabado. De fato, a vila inteira está nos dando apoio. Trazem cestas de provisões e medicamentos para as feridas. Sabem que, se conseguirmos, todos ganharão.

3 de fevereiro de 1885

Amada Glòria,

O vento soprava de modo fantasmagórico contra as portas e as janelas da pensão. Soprava com uma fúria inóspita. A mesma inquietude do clima se refletia no rosto de Rasarit, que dava instruções a Gérôme continuamente. Parecia que tinha algum pressentimento estranho. Naquele dia, aprendi a ficar bastante alerta com tudo aquilo que parecesse inquietar o idoso. Parecia influenciado por alguma força divina.

Gérôme e eu fomos escolhidos para iniciar a primeira guarda da noite, conforme Rasarit solicitou. Ele não estava disposto a deixar nada ao acaso. Josep, que trabalhava na pensão durante a noite, também nos acompanharia. Eu agradecia a presença dele, porque Gérôme não falava a nossa língua.

Assim foi, e passamos a primeira hora na frente da lareira desfrutando do calor naquela noite tão fria, sem ouvir nada mais do que a lenha ranger e se consumir. Tenho que admitir que a simples presença daqueles homens nos dá uma segurança que não se pode pagar com dinheiro.

Era uma hora da manhã quando três batidas à porta romperam um longo silêncio. Josep, que lia sentado atrás da recepção, dirigiu-se até a entrada enquanto esticava os braços porque os tinha rígidos após passar duas horas parado. Gérôme deixou cair a maçã que estava comendo, levantando-se com uma atitude protetora. Quando Josep abriu a porta, três sombras encapuzadas apareceram entre a chuva sem que se pudesse ver os rostos com clareza.

Mesmo assim, à primeira vista, me transmitiram bastante confiança, porque vestiam roupas antigas e desgastadas. Achei, pelo conjunto, que deviam ser peregrinos. Um deles pronunciou em voz muito baixa:

— Boa noite, mestre. Os meus irmãos e eu estamos em peregrinação para Montserrat e procuramos algum lugar onde passar a noite. E, se for possível, também gostaríamos de comer algo. Estamos com fome.

Aquele homem parecia fazer um esforço para nos dedicar um sorriso, que, na realidade, resultava muito estranho. Todos os três escondiam o rosto sob o capuz. Mas, observando o homem que falava, podia-se ver ligeiramente o seu queixo, que se destacava bastante por ser de um branco sepulcral.

— Que diz, mestre, nos permite a entrada?

— Claro que sim! — disse Josep, oferecendo passagem. — Precisamente aqui temos hospedados uns irmãos franceses. Vê? Lá está um — disse, apontando para Gérôme que não parava de encará-los enquanto acabava de mastigar os últimos restos da maçã. Parecia que queria dizer algo, mas o desconhecimento do idioma e a rapidez com que Josep tinha convidado os forasteiros eliminaram qualquer possibilidade de se opor.

O recém-chegado levantou ligeiramente a cabeça. Quando o fez, mostrou-nos um sorriso cadavérico que perfilava presas longas e amareladas que já tinham escolhido a sua primeira vítima: Gérôme. O morto-vivo saltou em cima dele com um movimento que nem pude acompanhar. Em menos de dois segundos, o vampiro sujeitou Gérôme como se fosse um bicho.

Ele o deixou cair com força contra o chão, enquanto os outros dois devoravam Josep, emitindo ruídos de estremecer. Em seguida, lançou-se de novo contra Gérôme de forma tão feroz quanto letal. Ficou muito machucado. Podia-se perceber com claridade que havia fraturado a perna esquerda na queda. Mas ainda foi capaz de fazer um movimento incrivelmente rápido, sacando do bolso interior uma estaca que apoiou sobre o peito. O vampiro não previu o movimento e, cego pelo desejo de morder o monge, caiu sobre a estaca, que perfurou o coração.

Gérôme não teve uma sorte melhor, não conseguiu evitar a terrível mordida daquelas presas diabólicas, escrevendo, assim, o seu final com letras de sangue. Morreu instantaneamente, mas tinha levado um daqueles monstros com ele. Enquanto isso, eu fui pedir ajuda e, em poucos segundos, os nossos homens estavam no vestíbulo da pensão.

— O que aconteceu? — perguntou Bastien.

— Os monstros! — falei, gaguejando. — Mataram Josep e Gérôme! Ainda restam dois!

— Onde estão, Pius? Onde estão? — gritava Bastien, enquanto agarrava a manga da minha camisa. Quando tentei reagir pela comoção, assinalei o lugar onde tinham ficado os outros dois vampiros, observando com horror que a única coisa que havia lá era o cadáver esquartejado de Josep.

— Foram embora — disse Manel, aliviado.

— Não, estão aqui — afirmou Rasarit, olhando para o andar de cima.

Tenho certeza, amada, de que, dessa vez, não foi preciso nenhum tipo de tradução, ainda que falassem francês. Nós nos separamos em grupos para iniciar a busca. Uns tantos ficaram no vestíbulo com Bastien. Os outros começaram a subir as escadas enquanto as luzes piscavam, provocando um jogo de sombras tenebroso. Rasarit foi na frente e, diante de mim, estava Marc, abraçando com força Eulàlia, que subia com decisão as escadas fazendo frente aos seus temores com valentia. De fato, todos, exceto os monges, estávamos em pânico naquelas escadas. A minha admiração por Rasarit cresceu ainda mais, quando o vi na frente. Os monges pareciam tensos, mas incrivelmente concentrados, dadas as circunstâncias.

Quando chegamos aos quartos, voltamos a nos dividir. Agora formávamos duplas. Martí e eu entramos lentamente no primeiro. A única coisa que parecia querer entrar naquele cômodo cinza era a tempestade através da janela. Vasculhamos o quarto com a luz até o último recanto para comprovar que se encontrava totalmente vazio. Os outros fizeram o mesmo com o resto dos quartos.

Os monges tinham dito que os vampiros podiam se mover em alta velocidade. De modo que não podíamos baixar a guarda nem por um instante. De repente, Rasarit, que tinha ficado no corredor, indicou um dos quartos com decisão. Léandre, ao lado dele, advertiu ao resto do grupo com voz baixa que um daqueles monstros se encontrava no quarto número oito.

Enquanto nos dirigíamos para lá, ouvimos um grito vindo do seu interior. Era Mercè. Ela e Patrice tinham entrado no quarto e não haviam saído. Quando chegamos, Rasarit empurrou a porta. Lá nos esperava uma imagem arrepiante: Patrice jazia morto sobre uma grande quantidade de sangue, e Mercè tinha um vampiro às suas costas, chupando o sangue dela, ainda que o monstro estivesse bastante machucado. O vampiro tinha as duas facas de Patrice cravadas no peito. Suponho que devia tê-las enfiado antes de morrer. Mercè, porém, não era como a maioria e, numa demonstração de força, ergueu o lampião que tinha na mão esquerda e acertou a cabeça do morto-vivo. Este soltou Mercè, mas o fogo também a queimou. Naquele instante, Manel, que era o homem mais perto deles, aproveitou o desconcerto para cortar a cabeça do vampiro com o machado. Jamais esquecerei as suas lágrimas, enquanto tentávamos apagar o fogo do corpo de Mercè com uma manta, ainda que já não pudéssemos fazer nada.

Em seguida, Rasarit chamou Léandre. Os dois se dirigiram para o quarto número três, e nós os seguíamos com expectativa. No interior, uma nova carnificina nos esperava. Dessa vez Josep Maria e Pau, irmão de uma das vítimas da matança da rua Madoz, tinham morrido num cenário mais sangrento do que o anterior.

Rasarit entrou determinado, pedindo silêncio aos presentes. Alguns gritavam horrorizados, e isso não ajudava em nada. Ele cochichou algo para Léandre. Este dirigiu o olhar para cima do armário que havia do outro lado da parede, bem de frente para a porta. Sem duvidar nem um segundo, levantou a sua lança e, com um movimento rápido e seco, atravessou a madeira do armário, enquanto olhávamos atônitos. Para nossa surpresa, quando a porta do armário se abriu, o último vampiro, gritando de ódio, caiu com a lança cravada no coração. Demorou poucos segundos para morrer aos pés do impassível Léandre, com os olhos de lua amarelados de dor.

É verdade que perdemos muitos naquela noite: Gérôme, Patrice, Josep Maria, Mercè, Pau e Josep. Que Deus tenha piedade das suas almas e que cuide delas como merecem. Além disso, Montserrat decidiu não continuar porque não podia suportar o horror que estamos vivendo. Mas, pela primeira vez, tenho certeza de que podemos ganhar a batalha. Rasarit disse que, pela roupa que traziam e a antiguidade da maldição, aqueles vampiros deviam ter sido monges beneditinos há séculos. Miquel insistia na lenda centenária do nobre que vivia no castelo.

— Eram eles, os monges que serviam ao nobre.

Rasarit escutava atenciosamente.

— Sabem o que nos propomos a fazer e por isso os enviou!

A verdade é que tento desviar minha atenção da desgraça. Por um segundo provei um pouco do otimismo. Acho que, se pudermos acabar com vampiros tão antigos e poderosos, poderemos acabar com todos. Ademais, ainda temos Rasarit. Com um indivíduo assim, temos muitas possibilidades de vencer.

9 de fevereiro de 1885

Amada Glòria,

Posso ver os pássaros acariciarem o céu sangrento do crepúsculo sobre o rio Llobregat. Agora o rio percorre com mais tranquilidade o caminho pela vila, como espectador diante de uma paisagem mais cheia de esperança. Sem dúvida, até há poucos dias, corria mais rápido para não se contaminar com a maldição. Eu estou contente de ver como a água corre de acordo com o tempo.

Não sei se chegarei a me recuperar de tudo o que tenho vivido. O mais provável é que não. Mas tenho vontade de concluir esta história. Guardarei as lembranças nas profundezas da minha alma, escritas com sangue no diário. Não posso enganá-la; a minha decepção é muito grande. Não quero que o futuro compartilhe nem conheça o nosso pesadelo. Também não quero que conheçam os pecados de alguns daqueles que dizem representar Deus sobre a terra. Não quero que percam a fé. Quero que tudo sirva para que tenham esperança.

O final desta história começa na manhã do dia 9 de fevereiro, quando saímos juntos pela última vez, rodeados pela aurora da manhã, em direção à Santa Maria del Puig. Mais precisamente, ao seu cemitério, o último a eliminarmos, mas o mais perigoso de todos. Baixando para Monistrol, o caminho se tornava mais e mais frio, e as árvores, rodeadas de neblina, estendiam os seus ramos como se quisessem evitar nossa descida às entranhas do inferno.

Quando chegamos ao arco gótico da entrada do cemitério, meu coração começou a bater com força. Todos nos aventurávamos lá, onde os pesadelos se faziam realidade. Lá onde os nossos pais não nos deixavam pôr os pés, contando-nos histórias de criaturas do mal que capturavam as almas dos inocentes.

Eu não era o único que tinha essa sensação. Amada, deveria ter visto o tremor nos lábios de Martí. Voltamos a ser os meninos assustados, desejando abandonar aquele lugar. Todos, exceto os monges. Para eles nada era diferente. Rasarit começou a indicar as tumbas malditas, e começamos a atravessar o peito dos vampiros com mais efetividade e rapidez do que nunca. Mas a quietude da paisagem era desconcertante. O vento estava em silêncio, não havia pássaros e as montanhas observavam a planície sobre a qual se encontravam cravadas as antigas lousas de pedra avermelhada. Esparreguera era a cidade dos mortos-vivos, um terreno amaldiçoado há séculos, onde a lama produzida pela tempestade da última noite e as nuvens negras que cobriam a paisagem lhe davam um aspecto ainda mais arrepiante.

Por ordem expressa do prefeito, não tínhamos permissão para profanar as tumbas das figuras mais importantes da vila, enterradas no interior do templo. De qualquer jeito, Rasarit não detectou nenhuma atividade ali. Creio que, caso contrário, teria desobedecido às ordens do prefeito. Uma praga deve ser eliminada por completo, se não queremos que volte a se reproduzir.

Matar vampiros é uma tarefa muito dura. Atravessar a pele deles é esgotante por mais afiadas que estejam as estacas ou as lanças. Além disso, defendem-se com todas as forças e, ainda que a luz do dia os debilite muito, são capazes de opor uma resistência feroz. Eu mesmo estive muito perto de cair nas mãos de um deles.

Seu túmulo era muito escuro, e suponho que o movimento ao abri-lo alertou o vampiro. Tinha as roupas rasgadas, e no rosto pálido acenderam dois enormes olhos brilhantes. Ele conseguiu me arrastar lá para dentro. Senti que o monstro me levava direto às portas do inferno. Ainda me ardem as feridas nos braços e não consigo tirar o gosto da terra que entrava pela boca enquanto tentava pedir ajuda. Se Martí, Miquel e Bastien não tivessem agido rápido, eu não teria sobrevivido. Quando matamos o último vampiro do cemitério, e havia muito mais lá do que nos outros, gritamos de alegria.

Abraçávamos uns aos outros. Tínhamos conseguido! Mas Rasarit hesitou. Traduzido por Bastien, comunicou-nos que o mais difícil estava para chegar. Nós nos olhávamos, ignorantes, com os rostos sujos de suor e lama. "O que aconteceria agora?" Além disso, Sònia e Lorenço tinham se machucado gravemente e não podiam continuar. Por sorte não chegaram a ser mordidos. Mesmo assim, estávamos preparados para terminar a missão, assim que recebêssemos um alerta.

Rasarit disse então que, em direção à passagem do Cairat, detectava um poder maligno como não havia conhecido em sua longa vida. Que teríamos de estar mais preparados do que nunca. Os próprios monges pareciam assustados. De fato, enquanto os aldeões celebravam a vitória, eu os vi jurar lealdade a Rasarit, que parecia informá-los, com uma atitude mais condescendente do que nunca, que naquele dia poderiam encontrar a morte. Éramos agora dezessete pessoas, contando com eles. A lista dos mortos, feridos e que não mais podiam continuar tinha aumentado. Mas, apesar de tudo isso, tínhamos de continuar. Bernat de Massana disse, visivelmente assustado:

— Todos sabemos quem está lá no desfiladeiro. É o nobre... Rasarit detectou o nobre Montorch.

Alguns murmuraram que esta era uma história inventada por nossos antepassados para explicar toda a maldição. Mas ele continuava dizendo:

— Não, conheço a lenda. O nobre tem o poder das bruxas.

Guiados por Rasarit, tomamos a direção da zona mais antiga e esquecida da vila: as ruínas do castelo de Espases, onde só a Igreja de Sant Salvador conservava ainda a sua estrutura. Então, subimos pelo caminho da Puda. Parecíamos um pouco mais guerreiros, diferente do princípio. Estávamos mais determinados, carregando as ferramentas nas costas.

O caminho até o castelo de Espases é de uma beleza extraordinária. Uma trilha ao coração da natureza. Também apresenta uma verdadeira dificuldade, sobretudo nas condições em que nos encontrávamos. Mas a localização que os nossos antepassados escolheram para construir o castelo permitia controlar os movimentos dos invasores. Agora, tantos séculos depois de ter se convertido em um caminho de peregrinação, parecia-me que voltaria a ser um cenário de batalha. Caminhamos durante quase uma hora por aquele caminho estreito. Quando já estávamos perto das rochas lendárias, conhecidas como as Bruxas Encantadas, Miquel, que ia primeiro, avisou aos outros:

— Olhem aqui.

Diante de uma rocha, que se encontrava aos pés das bruxas, havia uma grande poça de sangue. Não sabíamos distinguir se era sangue humano. Logo acima da poça, sobre a rocha, se via escrita uma palavra com o mesmo sangue: Montorch. Parecia que alguém estava se divertindo conosco num jogo macabro. Talvez estivesse nos indicando o caminho da nossa própria morte.

— Estão vendo? Eu sabia! — disse Bernat, muito alterado.

— Fique tranquilo, Bernat. O nobre Montorch não é um personagem real. Só existia nas línguas daqueles que contavam histórias aos meninos para que se comportassem — disse para o tranquilizar. Mas a verdade é que também me assustei ao ler seu nome.

— Olhem o céu — comentou Bonifaci. — Parece mais escuro do que antes. Como é possível a estas horas?

— Ficou doido? — replicou Albert. — São apenas três da tarde. Deve ser uma tempestade que se aproxima.

— Que nada... uma tempestade! — disse Julio, observando ao seu redor. Naquele momento, olhei para Rasarit. A expressão dele era muito pouco habitual. Pela primeira vez, parecia aterrorizado.

Já estávamos na parte final do caminho, que é a mais complicada. É preciso subir um grande pendente até chegar à parte mais alta do penhasco de onde se viam as ruínas do castelo. Eu só visitei uma vez o lugar, quando era um rapaz.

O castelo conservava a entrada principal, que dava para um quarto sem teto. Pelo lado inferior esquerdo, via-se a capela, que se manteve mais bem conservada graças à restauração. Na parte mais alta, encontravam-se os restos da torre do castelo.

O sol, lentamente, continuava sendo devorado pela imensidão da escuridão na sua forma mais absoluta. Era um fenômeno muito estranho. No momento em que chegamos bem aos pés do castelo, estávamos mais assustados que nunca.

— Um eclipse! — gritou Bernat. — Como as lendas contam. Estamos perdidos!

De repente, quando o último raio de sol ficou mais débil, observamos no ponto mais alto do penhasco, sobre as ruínas da torre do castelo, uma grandiosa figura se levantou de costas. Todos tememos o pior. Parecia esperar que a escuridão o abraçasse forte o suficiente, dando-lhe o poder necessário para enfrentar uma nova batalha após tantos séculos. Era ele, não havia dúvida. Montorch, o fantasma que conhecíamos por meio das lendas. O protagonista dos nossos pesadelos de infância. Aquele ser que em vida devia ser barão, nobre, conde ou cavaleiro. Ou era como foi denominado durante séculos. Um homem de espírito sombrio em vida e convertido pela bruxaria em imperador do mal. Infelizmente para nós, as lendas se tornavam realidade diante de nossos olhos.

A minha reação foi olhar para os monges; desejava que eles soubessem o que tínhamos de fazer. No entanto, estavam tão desconcertados como nós. Não sabiam o que íamos enfrentar. Então entendi: ninguém havia falado para eles da Lágrima do Sol Negro. Aqueles homens, que deram tudo por nós, foram vítimas da cobiça de quem também nos havia manipulado. O pior é que eu tinha sido partícipe, sem saber.

Amaldiçoei as palavras do padre Roig, pedindo-me para manter em segredo a existência da Lágrima. Nós sofreríamos as consequências. "Onde estavam agora o prior ou padre Roig?" Julio estava certo.

O monstro virou-se para nós com um sorriso maléfico. A sua imagem começou a aparecer e desaparecer como um demônio enquanto se apagavam os últimos vestígios de luz. A cada momento, parecia que se aproximava de nós, até que a escuridão devorava a sua sombra. Os monges erguiam com força as lanças, armados com uma coragem infinita. Nós da vila tentávamos superar o pânico como podíamos. Mas havia chegado o momento de lutar como nunca tínhamos feito. Era preciso reagir.

— Os lampiões, acendam os lampiões! — gritei.

Por sorte, alguns de nós tínhamos levado os lampiões, caso os túmulos precisassem de mais luz do que o sol nos proporcionava. Olhei para Rasarit, que estava a uns metros de mim, e lhe disse:

— A Lágrima! Ele tem a Lágrima do Sol Negro e com ela pode invocar os poderes sombrios.

Duvido que tenha me escutado, apesar de ter me encarado por um instante, mas os gritos dos demais afogaram a minha voz. Além disso, Rasarit não falava catalão.

O que consigo lembrar em seguida é de ver pelo menos três dos nossos caindo com violência contra as rochas. Era impossível que tivessem sobrevivido. Praticamente não tiveram tempo nem de gritar.

Enquanto observávamos o cenário horroroso com dificuldade pela escuridão, o vampiro apareceu atrás de nós, sem podermos intuir os seus movimentos. Só sabíamos da presença dele pelo cheiro rançoso, bem mais acentuado do que dos outros. Ele era o primeiro dos malditos, ao menos na nossa vila.

Ficou parado por um instante. A sua fisionomia era terrivelmente gélida. A pele embranquecida se destacava sobre as feições duras, com as maçãs do rosto muito marcadas, sob uma barba escura como uma nuvem de tempestade. Tinha os olhos como os dos outros vampiros, mas o seu olhar era muito mais diabólico. O pescoço era bem musculoso e, a julgar pela largura das suas costas, parecia que todo o corpo era como um conjunto. Vestia uma antiga túnica avermelhada; as calças eram compridas e pretas como as botas que chegavam quase até os joelhos.

Das suas mãos brotavam unhas longas e amareladas, e delas pingava o sangue das primeiras vítimas. O sangue da vila que durante séculos o alimentava. Começou a chupar as unhas com uma descomunal língua roxa. Enquanto o fazia, os olhos brilhavam, ficando ainda mais amarelos, e as bochechas sepulcrais recuperaram um pouco de cor por conta das vidas roubadas. Parecia esperar o ataque do primeiro corajoso que se atrevesse a tentar. Esses foram Léandre e Bastien. O primeiro atirou a lança contra o nobre, como só ele o sabia fazer. O vampiro não somente se esquivou dela, como também foi capaz de pegar a lança quando ainda estava em voo e atirá-la no peito de Bastien, atravessando-o inteiro, sem lhe dar oportunidade de se defender.

Em seguida, o monstro andou em direção a Léandre, que se lamentava que o lançamento frustrado tivesse custado a vida de seu amigo. O vampiro o aniquilou com um só impacto, e o destroçou como se ele fosse a casca de um ovo. Bastien morreu sobre as rochas, e a cabeça de Léandre rodou até poucos metros de onde eu estava.

A carnificina continuou com o resto dos presentes. O lugar se tingia de sangue. O terror nos congelava, e o único que conseguia intuir os movimentos do monstro era Rasarit, mas não parecia que pudesse fazer nada mais que esquivar. Eu só ouvia os gritos de pânico e desespero, que se apagavam de repente, numa imensa agonia.

Nunca esquecerei a imagem sangrenta de Marc e Eulàlia morrendo abraçados. Parecia que tinham decidido morrer tal qual planejaram fazer em vida: juntos. Nem a fúria do nobre pôde separá-los em seu último alento. Enquanto os observava, percebi que algo puxava as minhas calças. Eu me assustei tanto que, por reflexo, me distanciei tão rápido quanto pude. Mas, ao fazê-lo, reparei que o que estava me puxando era o braço de Martí, em seus últimos vestígios de vida. Eu o abracei, e ele se esforçou para pegar a minha mão, apertando-a com toda a força que podia. Martí teve de cuspir o sangue que tinha na boca para me implorar:

— Pius, pelo amor de Deus, não deixe que esse demônio se aproxime dos meus filhos. Precisa matá-lo! Pius, quero que me prometa.

Disse que sim com a cabeça, antes que Martí morresse em meus braços. Como podia prometer uma coisa daquela? Como poderíamos vencer o demônio? Os nossos gritos se afogavam na escuridão, restando apenas o silêncio. Só Bernat, Rasarit e eu continuávamos com vida.

O monstro parou por um momento. Julio, Albert, Manel, Bonifaci, Júlia, Ricard, Miquel, Maria... As suas vidas tinham se apagado, e também a sua dor. Foram aniquilados em segundos, como se aquelas vidas não valessem nada. O vampiro não parecia satisfeito e, numa demonstração de poder, elevou com as próprias mãos uma rocha que devia pesar no mínimo uma tonelada e a atirou contra Rasarit. Ele recebeu o impacto com tanta violência que desapareceu do meu campo de visão. Montorch mostrou no interior da túnica uma gigantesca corrente de ouro com uma pedra preciosa e cristalina no meio do peito, que brilhava de forma intermitente.

— Não é preciosa? — perguntou, com uma voz muito mais monstruosa que a de Jordi no porão ou do resto dos vampiros. Era a voz de um demônio.

— É... É a Lágrima do Sol Negro! — contestou Bernat.

O nobre tinha os olhos acesos. Apareceu do lado do monge sem andar, como se fosse um fantasma. Enquanto isso, eu observava a pedra como se fosse uma divindade. Cada vez que brilhava e mostrava o rosto diabólico, era difícil acreditar que algum dia tinha sido humano.

O vampiro soltou a Lágrima e ficou na frente de Bernat. Encarava-o. Parecia desfrutar do seu pânico, enquanto este suplicava e urinava nas calças. Aquele ser não escutou as suas súplicas e o mordeu no pescoço com as presas e a raiva de um animal feroz. A vida de Bernat sumiu como o lume de uma vela. Eu era o único que restava. Seria a última vítima.

O morto-vivo se aproximava de mim com um sorriso malicioso. Parando na minha frente, pegou a camisa e me elevou um metro acima do chão. Tentava me defender, mas a sua força era infinita. Podia sentir o seu hálito fétido saindo da maior boca que eu já tinha visto. As presas cheias de sangue se preparavam para me furar. Fechei os olhos, desejando que acabasse o mais rápido possível. Mas, de repente, senti um grande impacto e, em seguida, caí no chão e bati a cabeça.

Durante alguns segundos fiquei meio desacordado, mas, quando recuperei ligeiramente a consciência, reparei que muito sangue jorrava pela minha testa e não conseguia ver nada. Recuperei a visão gradualmente até que identifiquei a silhueta de Rasarit. O idoso, com a vestimenta bem estropiada, estava de pé na frente do monstro. Apesar de ter machucado as pernas, os braços e as costas, olhou, desafiador, com seu olho de lua, para o vampiro. Ele brilhava como nunca tinha visto. Como foi possível que o impacto da rocha não o tivesse matado?

Não era o único surpreso. O vampiro limpava o próprio sangue azul dos lábios, em consequência da pancada de Rasarit antes que tivesse a chance de acabar com a minha vida. Os dois se olhavam a uns seis metros de distância. Tinha chegado a hora da verdade. Não seria uma luta qualquer. O monge misterioso contra o vampiro mais poderoso que havia pisado nesta terra. Aquele pequeno milagre contra o filho de Satanás. Em resumo, o bem e o mal, frente a frente.

Não sentia sequer uma brisa. O silêncio mais absoluto reinava sobre aquela escuridão infinita, rompida somente pela débil luz da única lamparina que sobreviveu aos ataques selvagens do nobre. Tudo ao redor se mantinha imóvel, como um espectador diante de um combate.

O vampiro decidiu atacar com um movimento tão rápido que não fui capaz de acompanhar. Também não pude ver Rasarit, que parou o vampiro, segurando-o pelos pulsos. Agora, ambos lutavam com força para se dobrar um ao outro, mas, pela expressão dos dois, não parecia ser de igual para igual. Rasarit não tinha nenhuma possibilidade de vencer, porque, enquanto ele parecia estar fazendo um grande esforço, o nobre não mudava a expressão fria.

— Quem é você, monge repugnante? — perguntou o vampiro a Rasarit, já vencido e observando o seu olho de lua com atenção.

Parecia que Montorch já sabia que Rasarit não era um ser humano normal. Este, por sua vez, em vez de responder, falou para mim, levantando a voz tanto quanto pôde:

— Agora, Pius, chegou a hora!

Depois dessas palavras, o nobre levantou Rasarit pelo pescoço e atravessou seu estômago com a mão esquerda, enquanto o sujeitava com a direita. Eu fiquei imóvel, impotente. As bruxas de pedra deviam estar desfrutando da vingança que prepararam séculos atrás. Mas eu também precisava me vingar, como havia prometido. Olhei ao meu redor procurando alguma maneira de ajudar Rasarit. Uns metros à minha direita, encontrei a lança do infeliz Léandre.

Peguei a arma com muita força, então reuni coragem, pensando na quantidade de vampiros que tinha eliminado aquela lança. Em seguida, comecei a correr em direção ao morto-vivo, sabendo que essa seria nossa última oportunidade. Aproveitando o impulso, enfiei a lança nas costas desse diabo, bem no coração. O meu ataque foi preciso, mas a pele dele era muito mais dura que a dos outros. Cravei-a com toda a minha força, mas só consegui provocar um grito de ira que ainda ecoa pelas montanhas. Naquele momento, senti que a minha existência só teria sentido se eu conseguisse matá-lo. A raiva que sentia ao me lembrar dos meus filhos me deu mais força que nunca, mas ainda assim não fui capaz de chegar ao coração do monstro, que virou a cabeça de uma forma impossível, para me fincar os olhos de lua amarelados.

A expressão dele era tão cruel que praticamente desfigurava o rosto. Naquele instante em que me olhou de perto, compreendi que ele era a ferramenta com a qual Satanás punha os seus olhos sobre a Terra. Exteriorizei o meu desespero num grito de raiva e impotência, enquanto seguia lutando com todas as forças.

De repente, quando achei que estava tudo perdido, a mão suja de sangue de Rasarit apareceu por cima das costas do vampiro, empurrando a lança. Nós dois fizemos um último esforço, ainda que com uma força surpreendente por parte de Rasarit, que já estava mais perto da morte do que da vida.

Juntos, introduzimos a lança no coração do vampiro até que atravessou o seu peito. O nobre não acreditava, mas ainda teve tempo de se livrar de mim com um só movimento. Os meus ossos bateram contra as rochas. Montorch soltou Rasarit, que caiu morto sobre a terra amaldiçoada. Observava com horror a lança que o atravessava. Parecia ter muito medo da morte. Mostrava um estado de debilidade que parecia impossível naquele ser. Mesmo assim, ainda restavam forças ao vampiro para liquidar o último dos aldeões ousados: eu.

O monstro se dirigiu até mim, movendo-se de forma desumana, como se fosse uma espécie de aranha. A sua expressão de ódio era horripilante, e eu já não tinha força para fugir. Arrastava-me sobre a lama, tentando pegar o machado de Julio que estava a poucos metros de mim, mas era incapaz de mover as pernas.

Podia ouvir os passos do morto-vivo cada vez mais perto. Notei as suas mãos frias agarrando os meus tornozelos, virando-me como se fosse uma boneca de pano. Comecei a me afundar em seus olhos amarelados, que me encaravam com uma expressão cruel. Fechei os olhos, supondo que estava tudo acabado. De qualquer forma, havia cumprido a promessa. Mas, justamente quando a minha determinação acabara, um milagre aconteceu. Um intenso raio de sol atravessou a escuridão do céu e capturou o vampiro pelas costas, iluminando o cenário de trevas. O nobre apalpava o peito, aterrorizado, enquanto rugia:

— A Lágrima... Onde está a Lágrima?

A magia estava sendo anulada! A Lágrima descansava sobre a mão sem vida de Rasarit, que tinha aproveitado a ira cega do morto-vivo para arrancá-la do seu pescoço enquanto perfurava seu peito. Como não tinha a Lágrima, Montorch perdeu grande parte do seu poder e, com ele, o feitiço do eclipse, que o abandonou em um cenário no qual as vantagens eram dos filhos de Deus.

Era a última oportunidade. Não me restavam forças para ficar de pé, mas continuei me arrastando até alcançar o machado de Julio. Aproximei-me como pude daquele demônio. Ele estava ajoelhado com os olhos semiabertos e sem poder se mover. Mesmo assim, o seu olhar dizia que se mantinha consciente.

Não sabia se seria capaz de levantar o machado. Mas, durante alguns segundos, lembrei-me dos sorrisos de todos que aquele diabo e os seus filhos tinham matado. Os meus pequenos e todos os outros que sucumbiram à matança da rua Madoz, Bernat, Julio, Martí, Mercè, Marc, Eulàlia, os monges... todos me ajudaram a fazer um último esforço e alçar o machado.

Olhei para os olhos do vampiro com o machado levantado. O meu rosto coberto de lama e sangue era mais selvagem do que nunca. Com toda a raiva que um homem podia acumular, cortei a cabeça do vampiro de uma vez. Os olhos infernais se apagaram sob aquele impacto, que escreveu o último capítulo da sua centenária história.

Passaram-se horas até que recuperei a consciência e um mínimo de forças para ser capaz de tirar das mãos de Rasarit a Lágrima do Sol Negro. Quando a peguei, lembrei-me das palavras do padre Roig: *Pius, você deve encontrar a Lágrima e trazê-la. Esta é a vontade de Deus porque somos os seus pastores, os escolhidos para assumir a responsabilidade do poder.*

A decisão estava tomada. Peguei a Lágrima e a coloquei em meu bolso, tomando o caminho de volta à vila. Mas, antes, tive de cortar a cabeça de todos os meus amigos que morreram nas mãos do demônio. Não podia permitir que nenhum deles se convertesse.

Demorei mais de seis horas para chegar à vila, devido às feridas. Uma janela se abriu. Alguém começou a gritar ao resto dos aldeões. As pessoas esperavam escondidas nos porões das casas sob a luz das velas e a proteção dos alhos. O eclipse os havia assustado bastante. Lembro-me de que caí no chão e que alguém me segurou para me dar água. Com a respiração muito fraca, eu disse:

— Acabou tudo. Os monstros agora são cinzas do inferno.

A multidão saltava de alegria enquanto gritava:

— Acabaram com os demônios!

Nem tudo foram alegrias. As famílias daqueles que perderam a vida choravam com o coração partido porque viram que eu era o único sobrevivente. No meio da confusão, surgiu o padre Roig, que empurrava a todos que o impediam de se aproximar de mim. Parando na minha frente, murmurou no meu ouvido:

— Pius, a Lágrima! Onde está a Lágrima? Lembre-se de que é um pedido do prior.

Todo mundo se calou por respeito ao seu cargo, esperando a minha resposta, apesar de não saberem do que falávamos.

— A Lágrima? Que Lágrima, padre?

O sacerdote ficou visivelmente decepcionado, mas se calou. Na verdade, também não lhe dei oportunidade porque o filho pequeno de Julio chorava perto de mim, desconsolado, abraçado à perna da mãe. Eu pedi para ele que se aproximasse mais. O menino mostrava a mesma coragem do pai, tentando conter as lágrimas diante de mim. Coloquei a mão sobre as suas costas e disse para ele:

— Não chore mais, menino. Você deve ficar muito orgulhoso do seu pai. Por causa da coragem dele e dos outros, a vila por fim poderá viver em paz. Neste mundo e em outro muito melhor, onde sem dúvida você e o seu pai voltarão a se reunir.

Não consigo lembrar de mais nada. Acho que desmaiei naquele momento. Nunca mais quero falar disso. Preciso de paz.

20 de outubro de 1885

Amada Glòria,

Já faz tempo que ninguém é atacado por um vampiro. Sem dúvida, uma fantástica notícia. É verdade que os portais das casas e fazendas continuam enfeitados com alhos, e os mais medrosos da vila ainda creem ser perseguidos pelas ruas da vila, mas não há nenhum indício crível de que alguém tenha tido um encontro real com um morto-vivo.

Pode-se perceber no ar. As pessoas voltaram a sair de noite, e várias festas já foram celebradas sob uma reinante lua pacífica. O café Estrella foi inaugurado na rua de Sant Ignasi, e o ambiente ao seu redor é fantástico. A vila ganhou o direito de desfrutar dessa liberdade, em honra de todos aqueles homens e mulheres que caíram enquanto lutavam pela sua salvação.

Porém, confesso que eu não sentia vontade de celebrar nada. Em primeiro lugar, porque sei que não vou conseguir me recuperar da perda da minha família, mas também porque a minha sede de vingança não acabara.

Caminhei durante meses sob a lua por todos aqueles lugares, antes proibidos, com a lança de Léandre nas mãos. Fazia isso para sentir a satisfação de ter conseguido. A minha única companhia era o silêncio, que também era a música habitual da minha vida. Andava até o castelo de Espases todos os dias pelo caminho da Puda, cruzando previamente o Llobregat em uma barca e passando por Santa Maria del Puig antes de voltar para a vila.

Em um desses dias, uma tempestade feroz devorava a paisagem do meu caminho. Eu estava sob o abrigo de uma das oliveiras da colina onde se levantava o velho castelo quando, de repente, vi algo que se movia a poucos metros. Na verdade estava sobre o chão onde havia o cemitério de Puig, agora em ruínas. Era difícil enxergar no meio da tormenta, mas parecia que tinha forma humana.

Quem ousaria pôr os pés naquele lugar? Achava que nenhum aldeão, exceto eu, tivesse a coragem ou a vontade de chegar até lá. Além disso, o que estava fazendo aqui? Eu me aproximei com muita discrição em direção à Santa Maria del Puig. O seu campanário românico chorava a água da tempestade, iluminado intermitentemente pela intensa luz dos relâmpagos.

Parado sob o arco gótico que fica na entrada do cemitério, e com muita delicadeza para não ser notado, observei em suas antigas escadas de pedra um misterioso personagem que se mantinha imóvel sob a fúria do temporal. De onde eu estava, pude ver ombros largos sobre os quais a chuva rebatia com força e dali descia um cabelo muito comprido, preto e liso. Vestia um sobretudo escuro muito antigo que chegava até os seus pés. Pela simplicidade das suas roupas e as marcas de suas mãos pálidas, parecia que o homem trabalhara duro por muito tempo no campo.

Os trovões faziam tremer a paisagem com violência sob os nossos pés, mas ele não parecia se importar com nada. Foi quando um sopro de ar confirmou as minhas piores suspeitas. Com o sopro, pude sentir a fragrância da morte que vivia sob os ossos daquele ser. Era um vampiro, com certeza, e era muito antigo. Não o conhecia. Não era nenhum dos amigos que tive que enterrar sem opção.

Os mortos-vivos não têm cheiro humano, mas sim rançoso, como o de papel velho, o que nos ajuda a distingui-los. Quanto mais forte o cheiro, mais antigos são e, portanto, mais poderosos. Eu havia aprendido a distinguir aquele cheiro. Esse vampiro devia ter séculos sobre as suas costas. Não podia acreditar. Como era possível? Nós tínhamos eliminado todos! Ele estava de pé, sobre as ruínas do cemitério del Puig, que nós mesmos tínhamos destruído, juntamente com o resto dos cemitérios infectados.

Aquele monstro havia escapado da vingança dos moradores da vila e de Rasarit. Mas agora seria diferente. Como ele continuava de costas, eu sabia que se sentisse o meu cheiro seria o fim. Era noite, mas tinha de tentar. Não podia perder esta oportunidade ou a praga se estenderia de novo. Além disso, já não restava ninguém mais para lutar. Todos tinham sido mortos na batalha, exceto eu.

Segui, sem pensar muito, pegando com força a lança na minha mão direita. Verifiquei que tinha uma estaca, que eu mesmo havia cortado tempos atrás, mas não a tirei do bolso. Fiquei perto dele, em silêncio. A uns três metros do vampiro, ele sentiu a minha presença. Virou-se com um olhar tão cruel que faria tremer o céu. Trazia algo nas mãos, mas eu não dei muita importância a isso.

Os olhos dele estavam cheios de raiva, coisa que me surpreendeu. Os mortos-vivos, com exceção de Montorch, que era o pai de todos eles, não demonstram nenhum tipo de sentimento. Os seus rostos só refletem um vazio frio.

Naquele momento, senti que tinha coragem o suficiente para pegar a lança com força e perfurar o coração do vampiro. Não consegui. O monstro deixou cair o que tinha nas mãos, e parou o meu braço de repente com a velocidade do diabo, apertando-o com tanta força que caí no chão ajoelhado. Com muita dor, senti que os meus ossos quebravam em pequenos pedaços. Tinha fracassado. Eu, que havia sobrevivido ao vampiro mais poderoso de todos, agora morreria nas mãos de um menos perigoso. Não deveria ter atacado à noite.

Invadido pela raiva, dor e lágrimas, gritei com a pouca força que me restava:

— Amaldiçoados sejam mais do que já são, monstros do inferno! Os meus filhos eram a minha vida!

Esperei o golpe que colocaria ponto final à minha existência, mas nada senti. Abri os olhos, com dificuldade por conta da chuva e a debilidade que sentia. O morto-vivo se encontrava ao meu lado, imóvel, mas com uma expressão rígida, mais própria de um vampiro comum. Olhava para mim com aqueles olhos vazios que brilhavam por trás do seu longo cabelo escorrido pela chuva. Em seguida, soltou o meu braço.

Talvez fosse um milagre, um presente do céu, a minha última oportunidade. Com todas as forças que pude reunir, levantei-me sobre o joelho esquerdo e, tirando a estaca do bolso com a mão direita, enfiei-a no coração do monstro com um grito de raiva que rompeu a paz das montanhas.

A ira que me invadiu para atacar aquele vampiro foi tão imensa que senti que era ela que me dominava. Parecia, inclusive, que tinha expelido a essência do meu ser, convertendo-me numa espécie de besta feroz capaz de atacar com uma força tão descomunal que em condições habituais estaria muito longe das minhas possibilidades.

O caso é que tinha conseguido. Agora era ele quem não conseguir se equilibrar de pé. Caiu de joelhos no chão, sabendo que o golpe acabaria com sua imortalidade. Mas, de repente, adotou a expressão mais humana que jamais vi num morto-vivo, e enquanto olhava para o céu, pronunciou, com uma voz sinistra, mas, ao mesmo tempo, débil e triste:

— Precisa se livrar. Dá poder, mas o consome no interior.

Os olhos dele ficaram amarelos e moribundos. Eu sabia que se referia à Lágrima, não sei por quê, mas sabia. Tirou um anel da sua mão pálida.

— Guarde este anel, é especial. Em vida significou muito para mim e fui capaz de me lembrar dele depois da morte.

Então, olhou para o céu e com o seu último alento disse:

— Te amo, Amèlia. Não esqueça nunca de mim porque o pó da minha existência seguirá te procurando por todos os lados dos quatro ventos.

Não podia crer no que tinha ouvido. O último dos vampiros caiu sobre um grande charco de água que ficou da cor do seu sangue escuro. As lágrimas de cinzas pareciam esconder a dor centenária de quem um dia fora um bom homem. Não entendia nada. Eu não parava de repetir que esses seres eram malvados. Que perderam a alma. Olhei para o anel que ele tinha me dado.

Era um vampiro! Como era possível que um morto-vivo tivesse algum tipo de sentimento? Era possível que aquele ser tivesse pena da minha vida? Ou me compreendido? E se ele fosse apenas uma vítima da própria sorte e em algum lugar do seu ser ainda existisse um pedaço da sua alma? No mínimo, parecia que conservava a sua capacidade de amar. É possível que, por esse motivo, Rasarit não o tivesse notado? Afinal de contas, ele cheirava o mal nos vampiros e, ainda que o mal tivesse contaminado esse ser, parece que não o dominou por inteiro.

Percebi que a minha raiva cega não me deixara pensar quando o vampiro me perdoou a vida. Peguei do chão o que deixou cair antes de me destroçar o braço e percebi que eram pequenos blocos de pedra avermelhada. Não estava inteira, mas podia ler um nome: Amèlia. E também uma data: 1793.

É possível que ele tenha ficado furioso quando viu que havíamos destruído o lugar onde descansavam os restos mortais de sua amada, alguém que até pudesse superar a fronteira da maldição. É possível que a sua alma não tivesse chegado a desaparecer completamente, porque pertencia ao amor da sua vida. Não pôde perder o que já não era seu.

O pior de tudo é que a minha ira não desaparecia. Parecia que, depois de ter eliminado o último dos vampiros da vila, ela continuava crescendo inexplicavelmente. Procurei no bolso a Lágrima do Sol Negro. Sempre a trazia comigo desde a batalha contra Montorch. Com ela me sentia muito mais seguro. Pensava que, se fosse eu quem a tivesse nas mãos, estaríamos todos seguros, mas confesso que também fazia me sentir mais poderoso. Como se estivesse um degrau acima dos outros.

Possivelmente, isso havia me encorajado ao ponto de acreditar que eu podia vencer um vampiro centenário durante a noite. Afinal, eu o ataquei com uma força que na realidade não tenho, e com certeza foi a Lágrima que me proporcionou. Também é verdade que aquele ser sentiu pena de mim. Não podia suportar o pensamento de ter matado alguém me aproveitando de um sentimento tão nobre como a piedade. No final, a Lágrima se vingara de nós quando já achava que tínhamos ganhado definitivamente. O mal que reside ali acabou com o vampiro, que tinha desobedecido o objetivo da sua maldição. E eu só tinha sido uma ferramenta executora. Quanto a mim, a Lágrima estava se apoderando lentamente daquilo que eu tinha protegido com tanto esforço, a minha alma. Ela ainda era terrivelmente perigosa, apesar do desaparecimento dos vampiros.

Olhei fixamente para a Lágrima enquanto pensava sobre o seu poder maligno, a sua capacidade de corromper e o perigo que representava para a humanidade. Para isso tinha sido criada. Era capaz de multiplicar a cobiça, a ânsia de poder, a ira e muitos outros sentimentos negativos que residem no interior da nossa imperfeição humana.

Atirei à terra aquela pedra do inferno, que rolou pelo caminho de sangue até bater no vampiro morto. De repente, a Lágrima começou a brilhar, e uma estranha sensação se apoderou de mim. Comecei a sentir uma espécie de enjoo e caí no chão sem perder a consciência. Podia vê-la brilhar com mais força que nunca, até que comecei a ver imagens muito estranhas que pareciam vir do passado. Sei disso porque reconheci o lugar onde eu estava durante a visão.

A primeira visão me situou perto de uma fazenda na vila, embora atualmente esteja em ruínas. Muito próximo aos lavadeiros municipais da casa Cordelles. No exterior da casa, vi um homem que a princípio não reconheci. A visão ficava cada vez mais nítida, até que finalmente reparei que a figura que invadia a minha mente não era desconhecida para mim. Era o vampiro que eu acabara de eliminar quando era humano. De calça marrom, seu torso era muito robusto, e cortava lenha se preparando para o inverno. Parecia que vivia com muita humildade.

De repente, uma jovem de cabelos louros, presos com uma tiara de pano, e com as vestes típicas dos camponeses se aproximou do homem pelas costas. Abraçou-o carinhosamente pelo pescoço enquanto acariciava os cabelos dele.

— Jan, o almoço está pronto. Não é muita coisa, mas já houve dias piores — disse, enquanto o homem se virava para abraçá-la. A visão me permitiu notar que a fazenda ficava em frente à planície de Puig.

— Jan, não quero que vá para Puig. Se profanarem o mausoléu, alguma tragédia acontecerá. Tenho um pressentimento sombrio. Por favor, não acordem a fúria do nobre. Tenho muito medo de que lhe aconteça algo.

— Amèlia, é necessário. Temos de fazer algo. Tudo isso tem de acabar.

A moça parecia aceitar que não podia fazer nada para convencer o homem.

— Sabe... — disse ela, mudando de assunto e com os olhos tristes. — Sinto tanta pena por não poder lhe dar um filho. Talvez devesse procurar outra mulher.

— Amèlia, tivemos má sorte com as colheitas. Os meus pais não aceitaram o nosso casamento e os seus já não estão entre nós. Afinal de contas, tem sido muito duro. Mas tudo mudará. A única coisa que pode me fazer feliz neste mundo tenho na minha frente. É verdade que não poder ser pai é uma decepção muito grande para nós dois. Mas eu não poderia ser o pai de uma criança da qual você não fosse a mãe.

A visão desapareceu entre os beijos do jovem casal. A cena deu lugar a outra. Tudo aconteceu em poucos segundos. Dessa vez podia ver o mesmo jovem acompanhado por outros oito ou nove, armados com tochas, bastões, machados e outras ferramentas de utilidade agrícola. Eles seguiam um sacerdote que caminhava com passo firme, enquanto erguia uma estranha cruz. Na realidade era o menor do grupo, mas mostrava uma grande firmeza.

Seguiam decididos pelo caminho de Monistrol entre um nevoeiro tão espesso que não era possível ver onde colocavam os pés. Praticamente podia sentir o frio. O caminho impregnado de orvalho levava diretamente até Puig. Era muito diferente de como eu conheci. Os homens pareciam muito nervosos ao chegarem lá.

Na colina do castelo de Esparreguera, pude observar maravilhado como estava o castelo; majestoso e em um notável estado de conservação. As grandes dimensões das suas paredes eram vigiadas por uma torre esbelta no extremo norte. O cenário me fez viajar para a época de nobres cavaleiros, dos quais tínhamos ouvido contos populares e lendas que nos fascinaram durante a infância. Posso imaginar as diversas batalhas e lutas heroicas que aquelas paredes deviam ter testemunhado.

O castelo tinha a entrada arqueada, justo em frente à paróquia, Santa Maria del Puig. Como esta, ele também estava diferente. Suponho que por conta das reconstruções posteriores que sofreu com o passo dos séculos. Não só o castelo e a igreja estavam diferentes, como também todo o lugar. Não consigo descrever exatamente, mas o terreno era diferente.

Os homens não pararam aos pés do castelo, assim como também não se dirigiram ao templo. Para minha surpresa, a alguns metros dele, havia uma construção que eu não conhecia. Conforme a distância foi ficando menor, pude ver que se tratava de um pórtico que dava entrada a um mausoléu gótico de uma beleza surpreendente.

Quando os homens o alcançaram, observei maravilhado aquela joia de pedra vermelha, misturada com mármore branco, ainda que tivesse escurecido com o passar do tempo. Viam-se em ambos os lados do pórtico duas esculturas de mármore que representavam dois anjos com as asas caídas, indicando a entrada do túmulo. Tinham a expressão rígida como os de um soldado que viveu mil batalhas. Suponho que para conter os demônios alguém precisava cuidar das portas do inferno. Podia imaginar qual era o demônio que guardavam. Atrás dos anjos, havia quatro colunas que seguravam um teto muito destruído.

Na parte superior, duas gárgulas de pedra representavam morcegos ligeiramente endiabrados, além de uma cruz com um capitel gótico que eu seria capaz de jurar que é o mesmo que hoje preside a Creu del Terme. Sei disso por causa da caveira. Sempre gostei da caveira; é a representação da nossa parte mais primária. Sempre oculta sob as nossas próprias máscaras. Mas estas não perduram, a caveira, sim. É verdade que nunca poderá beijar com o calor dos lábios vermelhos de amor. Mas também não pode chorar, nem fingir um sorriso complacente. No dia em que deixamos de existir, quando todo o corpo tiver se transformado em pó, a caveira seguirá desafiando através dos seus olhos vazios o assassino mais cruel que já existiu: o tempo. E, com a harmonia e a consonância necessárias com a Mãe Terra, poderá se converter em pedra, criando, assim, um monumento do que fomos em vida, quando o mundo já tiver nos jogado no buraco mais escuro que existe: o esquecimento.

O restante do mausoléu, apesar de sua indiscutível beleza, estava muito abandonado, como se ninguém fosse lá por muito tempo. A construção parecia a entrada para um teatro decadente, em que os velhos sonhos perdidos no esquecimento se convertiam em pesadelos. Os antigos aldeões, que me lembravam a mim e aos meus companheiros, ficaram bastante assustados. Afinal de contas, parece que não fomos os primeiros a decidir lutar por um futuro melhor. O mausoléu e o seu entorno mantinham-se em silêncio, rodeados por um denso nevoeiro. Ainda que fosse somente uma visão, eu conseguia pressentir o mal em seu interior. Naquele instante, o sacerdote se virou para os outros e disse:

— Irmãos, chegou o momento de acabar com o Diabo definitivamente. Magí, faça as honras. — O padre falava com decisão, dirigindo-se a um dos homens que o acompanhavam.

— Não sei, padre. Tem certeza de que hoje é o melhor dia? Não há sol, e pelo que tenho ouvido o sol os mata. Além disso, hoje é 1º de novembro e...

— Precisamente, Magí. O dia em que as criaturas do Diabo fazem uso da magia mais sombria é o 31 de outubro. Isso quer dizer que este ser ontem fez coisas más como em nenhum outro dia do ano. Portanto, hoje vai querer descansar da sua ressaca de poder. Estou seguro que, se baixam a guarda em algum momento, é precisamente hoje.

O homem que respondia pelo nome de Magí encolheu os ombros. Se um sacerdote afirmava isso, devia ter razão. Então, aproximou-se da porta de madeira do mausoléu com muito cuidado e girou a maçaneta com habilidade, sem fazer o menor ruído. Naquele momento, entendi por que o escolheu para essa tarefa.

A porta começou a tremer enquanto se abria como se fosse a boca do mal. Um após o outro, desceram as escadas liderados pelo sacerdote, que demonstrava muito mais valor do que os que eu tinha conhecido. As tochas iluminavam o caminho no meio da escuridão, entre uma grande quantidade de caveiras aglomeradas no chão e nas paredes.

— Monstro! Come as suas vítimas em seu ninho — dizia o protagonista da minha visão.

No meio do espaço havia um grande caixão de madeira. Pelo rigor dos seus detalhes, não era difícil deduzir que quem descansava ali dentro devia ter sido um personagem importante. O caixão estava vigiado por quatro esculturas de pedra, dispostas nos quatro cantos do mausoléu. Aquelas imagens não eram religiosas, nem divinas. Eu podia jurar que as imagens representavam as bruxas pagãs da antiguidade.

As suas vestimentas eram longas e estavam rasgadas, e os seus rostos apresentavam uma feiura desproporcional. Com certeza, o escultor não quis valorizar a existência delas, mas também não quis ignorá-las. Afinal de contas, elas eram a origem da maldição.

Sobre o caixão vi gravado o nome do homem que foi capaz de se dirigir aos oráculos das bruxas. Quem conseguiu os meios necessários para invocá-las. O homem que vendeu a alma em troca da vida eterna e um poder terreno monstruoso, para deixar de ser precisamente isto: um homem.

O primeiro que se aproximou do caixão foi novamente o sacerdote, acompanhado pelo homem que me conduzia pelas visões do passado. Agora já sabia o seu nome: Jan. Este abriu o caixão, depois que o tal Magí tinha feito o trabalho difícil. Foi quando viram, horrorizados, o corpo do demônio que dias atrás quase apagou a existência da minha alma. A sua presença, ainda que fosse somente uma visão, me fazia arrepiar. E a reação dos homens foi semelhante à minha.

O monstro descansava os ossos no interior daquele caixão que séculos antes tinham lhe construído com a intenção de que Deus tivesse piedade dos seus pecados e que de lá não voltasse a sair. Mas a pergunta era: quem teria piedade daqueles que o fecharam numa prisão de morte? E da sua descendência?

— Olhe! É monstruoso! — gritou uma voz atrás das costas de Jan.

— Já olhou para o teto? — indagou Jan, apontando com o dedo. — São morcegos. Deve haver centenas.

— Agora é o momento; eu farei as honras. É a minha tarefa — disse o sacerdote, que tinha deixado a cruz de lado para segurar uma estaca e um martelo.

Quando o fez, os olhos do nobre se abriram subitamente, apagando o fogo das tochas com um estranho sopro de ar gélido e um som que dava a impressão de que as paredes estavam respirando. Os morcegos começaram a voar assustados sobre as cabeças dos homens, rodeando-os como se fossem uma tempestade de areia negra.

— Meu Deus! — gritavam os homens presos naquela jaula de escuridão. — Temos de sair daqui agora mesmo!

Naquele instante, a minha visão havia se tornado escura da mesma forma. Mas o instinto de sobrevivência permitiu àqueles homens saírem do mausoléu. Quando a luz voltou, a visão me colocou de novo ao lado de Jan, na planície de Puig, bem acima do cenário terrível do Dia de Todos os Santos. No entanto, quando saíram, descobriram horrorizados que não eram os únicos que escaparam. O monstro esperava por eles de pé, somente a uns metros de distância.

Embora fosse uma visão, pude observar com mais clareza que no dia em que o matamos. A verdade é que não parecia tão poderoso. Parecia débil, suponho que devido ao horário em que estava acontecendo tudo. Seja como for, a ausência de sol naquele dia proporcionava a ele as forças suficientes para se manter em pé e consciente. Sua pele estava mais enrugada, e trazia o aspecto de um homem mais fraco.

Levantou a mão lentamente apontando os aldeões com o dedo.

— Sinto-me profundamente subestimado — disse Montorch, com uma voz vazia. — Como ousam vir me liquidar com quatro gadanhas e foices? Não sabem que não posso morrer? Você! O pastor destas ovelhas! Para que serve esta cruz? Para colocar em cima do seu caixão?

O vampiro sorria maliciosamente, mostrando os dentes exageradamente afiados. Mesmo assim, tive a sensação de que, para ele, ver aquela cruz provocava um certo nervosismo.

— Não entendem que me insultar dessa forma só acendem o fogo da minha ira? Vou lhes dar uma lição que jamais esquecerão.

Montorch parecia se esforçar para manter os olhos abertos. Sem a influência da lua, parecia bastante fraco. Mas isso não era motivo suficiente para que os nossos antepassados não o temessem. Os olhos do nobre se incendiaram de repente, enquanto pronunciava palavras estranhas que não pude compreender. Mas reparei que alguma coisa iluminava sua roupa por baixo, na altura do peito. Não sei se os demais também perceberam, mas eu já tinha visto antes essa luz. Era a Lágrima do Sol Negro. Lentamente, Montorch começou a se elevar diabolicamente do chão até que atingiu uma altura de uns três metros.

Com os braços abertos, continuava invocando os poderes escuros da Lágrima para realizar algum tipo de feitiço. Naquele momento, o sacerdote começou a gritar:

— É um terremoto! Rápido, saiam daqui! — disse, levantando a cruz para o céu com uma valentia surpreendente.

O chão começou a tremer de repente, e o seu interior rugia enquanto abria fissuras sob os pés dos pobres aldeões, que tentavam correr em direção à Santa Maria de Puig para procurar proteção. O sacerdote ficou plantado na frente do vampiro pronunciando orações em latim, enquanto erguia a cruz no alto para tentar combater o poder maligno. Jan se manteve ao lado dele, atirando as gadanhas e as foices contra o vampiro. Mas tudo era inútil.

Então, de repente, o machado que o sacerdote levava se iluminou misteriosamente. Parecia que de alguma maneira conseguia deter o poder de Montorch. Os efeitos do feitiço do vampiro começavam a minguar. Naquele instante, pensei que aquela cruz devia ser a Cruz de Gurb. Eu achava que era apenas um mito. Mas estava claro que tinha de ser.

Montorch ficou visivelmente raivoso. Observei maravilhado o momento mais culminante do confronto de poder entre as duas relíquias. Uma terrível explosão ressoou uma e outra vez através das montanhas. A primeira vítima foi o sacerdote, que caiu pelo precipício com a cruz ainda iluminada entre as mãos, e sem parar com as orações até o momento da sua morte. A Lágrima do Sol Negro já não brilhava mais; o feitiço tinha acabado. Ainda assim, o eco dos seus efeitos impediu que os homens chegassem à igreja: foram devorados pela própria terra. Santa Maria del Puig não teve mais sorte e também sucumbiu aos efeitos do terremoto. Ao mesmo tempo, o castelo e o mausoléu ficaram totalmente em ruínas. Ainda pude ver caírem as últimas pedras, sob as quais Jan ficou preso, além de apresentar feridas que seriam muito difíceis de tratar.

Quando o terremoto parou a devastação, a visão me mostrou a agonia de Jan, que pronunciava as últimas palavras com dificuldade.

— Amèlia... Amèlia... — repetia Jan, enquanto olhava para alguma coisa que tinha na mão direita com o punho fechado.

De repente, a diabólica expressão do nobre apareceu bem na sua frente, pegando-o pelos cabelos e observando com atenção como a morte o prendia.

— Amèlia — repetiu o vampiro. — É sua esposa? — Jan mordia os lábios enquanto tremia de dor. — Gostaria de viver ao lado dela eternamente? Tenho certeza de que sim — disse Montorch, sem obter qualquer resposta de Jan. — Para você, reservei um destino diferente ao dos outros. Viverá eternamente nesta terra que agora te esmaga. E, se quiser sua esposa ao lado, só há uma solução. Quando acordar da sua morte, deve convertê-la naquilo que mais odeia.

A minha segunda visão se perdeu entre os gritos de Jan, que não queria se transformar em um vampiro. Continuava com o punho fechado, que apertava com tanta força que podia ver o sangue sair pelos lados. Essa visão ainda me levaria à outra.

Minha terceira visão se situava na mesma fazenda da primeira. Mas, dessa vez, a ação se desenrolava muitos anos depois das visões precedentes. Provavelmente, no final do século XVIII.

A casa estava já muito envelhecida, mas continuava cuspindo fumaça pela chaminé para um céu rodeado do nevoeiro invernal. No interior da casa, os vizinhos da idosa Amèlia uniam as suas orações para conduzir a sua alma ao céu, depois de o médico ter saído do quarto com uma expressão triste.

— Deixemos ela morrer em paz — disse o médico aos presentes.

A velhinha estava deitada na cama com as mãos cruzadas sobre o peito. Esperava sem medo que o céu lhe abrisse as portas. De repente, o vento abriu a janela com um sopro forte e apagou as velas que se encontravam sobre a mesinha ao lado da cama.

Amèlia fez um último esforço para observar ao seu redor e descobriu com surpresa que ele se encontrava lá. A figura que Amèlia jamais confundiria, mesmo com a escuridão que reinava no quarto.

— Jan, veio me procurar no limite da vida e da morte! — A figura adiantou um passo para que um raio de luar o fizesse sair da sombra. — Deus do céu! Está igual ao dia em que desapareceu. Olhe, eu estou tão velha.

— Envelhecer é uma bênção, amada — disse, enquanto pegava a mão dela com delicadeza.

— Como você está frio, Jan. E parece muito sério. Não está contente em me ver? — disse a velhinha, entre lágrimas de alegria. Uma alegria que não parecia poder contagiar seu amor.

— Claro que sim, Amèlia.

— Sabe, Jan? Desde que você desapareceu sob aquele terremoto, tive centenas de vezes a sensação de que você estava ao meu lado enquanto dormia. Que descia do céu para cuidar de mim. — Jan ficou com o olhar perdido, sem responder. — Agora estou tão cansada...

— Descanse um pouco, rainha, logo tudo terá acabado — disse, acariciando o rosto da esposa.

Amèlia fechou os olhos. A porta do quarto se abriu e talvez também a porta do céu.

— Por que a janela está aberta? Vizinhos, Amèlia nos deixou. Vejam, ela morreu com um sorriso plácido — comentou uma voz entre sombras de pesar.

Enquanto isso, dois olhos brilhantes os observavam a alguns metros longe da casa. Dois olhos que choravam lágrimas tingidas de maldição.

Finalmente, aquela estranha viagem temporária me conduziu direto ao dia em que os vampiros me encurralaram na armadilha criada pela criatura que tanto tinha me odiado em vida: Antoni Molina. A visão me permitia ter uma perspectiva privilegiada de mim mesmo, ajoelhado e bêbado, na frente daquele ser que teve a questionável honra de não ser mais malvado quando se transformou em vampiro do que já era em vida.

Ele estava acompanhado apenas pelo pequeno vampiro faminto, mas, de repente, uma sombra escura apareceu por trás dele. O malvado Molina estava conversando com ele, como já contei neste mesmo diário. O indivíduo se aproximou o suficiente e me permitiu descobrir que a sombra era na realidade Jan, já transformado. Sem saber o porquê, decapitou Molina com um golpe na velocidade de um relâmpago. Fiquei mais confuso do que antes. Por que salvou a minha vida? Será que o vampiro foi capaz de se identificar comigo? E recordou-se do momento em que Montorch mudou o seu destino, quando transformou o líder dos esparreguerins em mais uma alma maldita?

Aquelas visões desapareceram. Voltei à realidade, mas a tranquilidade durou pouco. De repente, algumas vozes femininas diziam outra vez entre maliciosos risos ao fundo: "Você morreu. Morreu..."

— As bruxas! São as vozes das bruxas! — gritei para o céu.

Peguei o pedaço do túmulo que Jan tinha deixado cair. Fiquei imóvel por um instante, olhando a Lágrima, tentando não escutar nada mais do que a voz do meu coração. Levantei aquele pedaço de túmulo e o joguei com raiva sobre a Lágrima do Sol Negro. Os dois ficaram partidos em pedaços.

A minha visão começou a ficar confusa. Havia perdido muito sangue. Mesmo assim, sabia que não podia deixar os fragmentos da Lágrima lá. Mesmo destruída, ainda podia fazer muito mal. Fiquei ajoelhado para pegar os fragmentos e guardá-los no bolso do meu casaco. A partir daí, já não consigo lembrar de mais nada. Quando acordei no meu quarto, o médico me contou que não pôde fazer nada para salvar meu braço. Precisei passar muitos dias na cama. Mas agora tudo acabou. A minha alma poderá procurar a paz que há anos eu procurava.

26 de outubro de 1885

Amada Glòria,

Sabe que não acredito muito em lendas e superstições. Acho que ainda era um menino quando comecei a desacreditar em tudo isso. Mas os acontecimentos recentes voltaram a trazer as lendas de forma inevitável. Voltaram, batendo-me com a crueldade de uma realidade indesejável.

Lembro-me de que eu não acreditava muito nelas quando meu pai e meu avô me contavam perto da lareira. Mas as visões que tive quando estava na planície de Puig fizeram com que as recuperasse daquele recanto da minha infância. Talvez assim eu encontre a resposta para poder encaixar todas as peças desta história.

Diz a lenda que, no século X, no meio da batalha contra os árabes e sob os pés do castelo de Espases, os guerreiros do conde Borrell II estavam muito perto da derrota. Os defensores da Marca Hispânica imploraram a Deus que os ajudasse contra o inimigo. De repente, quando o castelo estava quase caindo nas mãos dos infiéis, o céu ficou vermelho sobre eles.

Os guerreiros viram gigantes nuvens de fogo abrindo caminho através da montanha de Montserrat. Quando a paisagem inteira se encontrava coberta pelo céu furioso, as nuvens começaram a atirar fogo em forma de espadas, que se fincaram aos pés dos mouriscos, impedindo o caminho da conquista. Os homens, quando viram o fenômeno, fugiram desonrados e incapazes de combater o poder do autêntico Deus. As espadas de fogo se consumiram sobre as rochas, quando o inimigo fugiu. Todas, exceto uma.

No ponto mais alto da rocha, onde reinava a torre do castelo, via-se a última das espadas de fogo e, quando esta se apagou, descobriu-se uma preciosa espada de marfim, fincada no chão da mencionada torre. Os guerreiros da Santidade batizaram o castelo de Espases. Além disso, construíram uma capela sobre ele, que, com os anos, receberia o nome de Sant Salvador de Espases. Tudo em honra ao nosso Salvador e ao fenômeno que ocorreu naquele dia.

Quanto à espada de marfim, foi batizada com o nome de Gurb-Queralt em honra a Guillem Gurb-Queralt, o nobre guerreiro que lutou ao lado de Borrell II. O conde tinha se convertido em senhor destas terras onde se encontra a nossa vila e foi quem fez levantar o castelo de Esparreguera e o de Espases para combater os inimigos da cristandade. Guillem tinha uma esposa, Emma, a quem fizeram prisioneira. Ele cedeu ambos os castelos à sede de Vic no ano 985, logo antes de se unir à defesa de Barcelona.

A espada Gurb-Queralt presidiu durante séculos o altar maior da capela do castelo de Espases. Diziam que aqueles lugares estavam cheios de magia e de segredos. As forças do bem e do mal desejavam obter o controle absoluto do poder, mas na realidade não conheciam toda a sua magnitude. Inclusive as bruxas ancestrais utilizavam a magia por todos os lados do castelo, onde a influência dos poderes místicos as tornava ainda mais poderosas.

Com o tempo, a espada Gurb-Queralt, pela semelhança das suas formas, sobretudo quando foi arrancada do chão da torre do castelo, perdendo grande parte da sua ponta, passou a se chamar Cruz Gurb-Queralt ou Cruz de Marfim.

Passaram-se as épocas, e o castelo entrou em desuso, convertido em um lugar de peregrinação onde os fiéis visitavam a capela e tocavam a cruz, achando que proporcionava a eles uma energia espiritual que não seria encontrada em nenhum outro lugar. O eremita era quem tinha o controle de tudo isso e também era o guardião da cruz, ele era escolhido entre centenas de aldeões pela pureza do seu coração. Já naquele tempo consideravam muito importante que o poder da cruz não caísse em mãos erradas.

Falava-se que os eremitas tentavam canalizar o poder da cruz em benefício da vila e que alguns adquiriam com ela verdadeiras habilidades. A verdade é que depois da morte de um eremita na segunda metade do século XV, o qual diziam possuir poderes curativos, ninguém demonstrou ter conhecimento o suficiente para controlar o poder da cruz.

O castelo e a capela foram perdendo protagonismo até se converter numa localização solitária, destinada às reuniões da vila. Suponho que, com o passar dos anos, os poderes mágicos da cruz viraram lendas para os cristãos das cercanias. E olhe que casualidade: segundo as minhas visões, um dia, no meio do século XVIII, um pequeno sacerdote e alguns aldeões corajosos decidiram desenterrar a lenda e contaram com a cruz para enfrentar o poder maligno de Montorch. O problema era que todos eles ignoravam como devia ser utilizada. Mesmo assim, conseguiram desviar o feitiço para que este não produzisse uma devastação terrível sobre a nossa terra. Mas, pelo que ouvi, não evitaram o desastre em outras vilas e cidades longínquas.

Além disso, Montorch, que podia controlar o poder da Lágrima do Sol Negro, conseguiu destruir a Cruz Gurb-Queralt, eliminando o único obstáculo contra o seu poder maléfico e submetendo a vila a um terror maior ao perderem sua relíquia sagrada. Essa era uma lenda bastante aceita quando eu era criança. No entanto, lembro de ter ouvido falar de outra que, ainda que não desfrutasse da mesma aceitação, devido aos fatos acontecidos naquele dia, me fazem pensar que também poderia ter sido real. Ou talvez parte dela.

Segundo as vozes ancestrais de Esparreguera, existiram na vila dois jovens que se prometeram, apesar de seus pais não aceitarem o namoro. O jovem perdeu o contato com sua família rica que residia em Barcelona, apesar das suas origens se encontrarem naquela mesma vila. A menina tinha ficado órfã muitos anos antes e trabalhava servindo mesas em uma das hospedarias que ficava no caminho de peregrinação para Montserrat.

O jovem ficou encantado só de olhar para ela. Mudou-se de cidade e abandonou a própria família, trocando tudo por uma vida mais difícil no campo. Ele não se importava, desde que pudesse viver para sempre ao lado de sua amada.

Em uma tarde de verão os jovens se encontraram sob um precioso céu cor-de-rosa. Desfrutavam da sombra de uma árvore robusta, acariciados pelo ar fresco que trazia o pôr do sol desde a montanha. A jovem, desejando corresponder ao amado, que tinha deixado tudo por ela, entregou-lhe a única coisa que tinha de valor.

Dizia a lenda que um antepassado da jovem quis fazer algo muito especial para pedir a mão daquela que seria a sua esposa. Este antepassado conhecia a lenda das espadas de fogo e da Cruz Gurb-Queralt, e quis recuperar do abismo um fragmento de marfim mágico perdido quando a torre do castelo ruiu em razão dos terremotos do século XV.

Assim, pondo a própria vida em risco, demonstraria o seu amor entregando aquele pedaço de história sagrada em forma de anel. Queria que o seu amor fosse eterno. É evidente que nunca teria se atrevido a desafiar o poder de Deus tentando tirar aquele pedaço da mesma cruz, porque fazer isso não seria uma coisa nobre.

Segundo a lenda, o homem conseguiu o que queria. Desceu até o abismo, até as profundezas do vale onde encontrou um pedaço de rocha que tinha pertencido à torre do castelo. Ainda conservava uma parte do marfim sagrado. Diziam que o homem cortou um anel precioso para a noiva. Assim, o casal se amou durante toda a sua existência, mais do que nenhum outro casal conhecido pelos vizinhos das redondezas.

A jovem órfã de quem falei antes era descendente desse casal. Ela teria herdado o anel e o entregado de presente a seu prometido. Com esse gesto, o seu amor traspassaria os limites do tempo, da vida e também da morte. Isso é o que acho que aconteceu, amada. Os jovens deviam ter sido Jan e Amèlia. Suponho que o que ele segurava com tanta força no limite da morte era o anel cortado em pedra sagrada que impediu que a maldição o fizesse esquecer completamente o seu amor por ela. Além disso, não perdeu por completo a sua alma e a sua consciência. Sei que parece uma loucura, mas o que não é?

18

PIERREFONDS, 22 DE ABRIL DE 1986

Uma senhora compra o necessário para preparar o almoço numa pequena mercearia. Um cantinho agradável, com o piso e as paredes de madeira e um balcão antigo. Os vizinhos frequentam o local há muitos anos. É uma pequena loja que ganhou a confiança do povoado, apesar da relutância inicial dos moradores em comprar coisas com o casal estrangeiro, que trabalhou muito duro para se integrar. Agora, o negócio era do seu filho Enric. O mesmo Enric Isart que dizia adeus para a senhora com um sorriso amável como sempre tinha sorrido para sua mãe em vida.

Havia passado os últimos vinte anos em Pierrefonds, a vila francesa que ficava muito perto de Paris, para onde os pais de Enric migraram anos antes. Na capital francesa, o pai prosperou bastante em seu ofício. Tanto que pôde abrir aquele pequeno negócio para a esposa, onde Enric trabalhou durante as últimas duas décadas.

Seus pais tinham morrido três anos antes. Então, Enric assumiu o negócio, que ia muito bem. A confiança que tinham ganhado na vila lhe permitiu introduzir produtos clássicos catalães. Alguns deles tinham tido muito sucesso. Assim, Enric se sentia um pouco mais perto de casa.

Mas, no geral, nunca teve a sensação de estar em casa. Sentia saudades de tudo o que deixara para trás. Havia fugido para aquele cantinho para não ser preso, mas a sensação que tinha era exatamente a de estar encarcerado. E tudo isso sem ter feito mal algum. A causa era uma descoberta sinistra que o havia levado para o exílio.

Durante todos aqueles anos, pesava a lembrança do sr. Pius Domènech, do sr. de la Vega ou a memória de todos os corajosos que perderam a vida sem nenhum tipo de reconhecimento. Sentia saudades da vila, do cheiro de pão pelas manhãs, da lenha queimando nas casas quando passeava pelas ruas. Foram muito duros todos aqueles anos longe da sua pátria, da terra que tanto amava. A sua honra, a sua credibilidade, tudo isso e muito mais foi o que perdeu com toda aquela história.

Mas nenhuma dessas coisas, nem mesmo todas juntas, podia se comparar com a perda de Marina. Enric nunca acreditou quando diziam que todos temos a nossa metade em algum lugar, até que a conheceu. Não entendeu por que a vida lhe deu Marina como um presente para depois tirá-la daquela forma sem que pudesse desfrutar de sua companhia.

Ele não se arrependia de tê-la conhecido, mas sabia que, quando se encontra a sua metade e "por um motivo qualquer" não se pode compartilhar a vida com ela, tudo o que se conhece deixa um vazio. Era como se nada fizesse sentido da mesma forma que quando vivido com ela.

Enric tinha estado a ponto de se casar com uma bela jovem parisiense. Mas, quanto mais se aproximava do momento, mais sentia que era o maior erro da sua vida. Sentia que a única pessoa capaz de desfazer o gelo que tinha ficado em seu coração era Marina. Podia consegui-lo até a distância, apenas com a lembrança do sorriso dela.

Agora já não mantinha mais ligações em Pierrefonds, exceto com a mercearia. De repente, reparou que o medo que tinha de ser identificado e detido havia diminuído com os anos. Podia ser a idade. Ao contrário, seu desejo de voltar para casa antes de morrer crescia cada dia mais. O olhar de Enric se fixava através da porta do seu comércio. Na realidade, olhava para muito mais longe do que sua visão poderia alcançar. As palmas das mãos repousavam sobre o balcão. De repente, fechou os punhos e mordeu os lábios, enquanto os olhos voltavam a focar a realidade.

Depois de vinte anos, encorajado pelo pensamento que dançava em sua mente naquele instante, decidiu retornar para casa. Queria voltar a ver os seus lugares, a sua gente, seu campanário... e, se fosse possível, queria saber alguma coisa de Marina.

19

O trem abria caminho através do nevoeiro da manhã em direção a Barcelona. A temperatura dentro dele era agradável, e os assentos, mais confortáveis do que Enric se lembrava da última vez que tinha viajado em um. O fato é que não voltara a entrar em um trem desde que fugira há vinte anos. Um frio na barriga o acompanhou durante todo o caminho. E a sensação aumentou quando pôs os pés na cidade de Barcelona depois de tantos anos.

Enric parou por uns segundos para admirar a beleza da capital, os seus encantos, mas isso não foi motivo suficiente para retê-lo mais tempo do que o necessário. Queria voltar para aquela pequena vila que o tinha visto nascer. Ainda que fosse por pouco tempo, pois era evidente que não poderia ficar para sempre.

Sentado na parte posterior do ônibus que iria devolvê-lo ao colo da sua infância, sentiu uma grande emoção quando viu a montanha de Montserrat aparecendo no horizonte, cada vez maior. Ao se deparar com o primeiro letreiro que anunciava a proximidade de Esparreguera, teve de fazer um esforço para conter as lágrimas. O ônibus entrou pela zona de Creu, denominada assim porque antigamente chamava-se La Creu del Terme. Seguiu até parar, justo na frente do novo teatro da vila, que ainda se encontrava em construção na época em que precisou abandonar o lugar.

Olhava através daquele vidro grosso, pensando que *La Passió d'Esparreguera* devia ser representada ali atualmente. Mas ele não saltou, porque um dos passageiros disse que a parada seguinte estava bem na frente do antigo teatro, onde conheceu o sr. de la Vega e perto do quarteirão onde vivia Marina. Naquele instante, teve a certeza de que a principal razão de seu regresso era ela. Tinha tentado se convencer de que não era assim, talvez pelo medo de não encontrá-la ou simplesmente de ver que tinha uma família e que era feliz. Só que, àquela altura, não podia mais se enganar.

De qualquer modo, a sensação que teve quando pôs os pés em casa foi indescritível. Enric tentou respirar profundamente. Tentava capturar aquele instante em seu interior, encher-se daquele ar para que acariciasse o seu coração. Queria sentir um pouco da vida que o destino lhe tinha roubado. Uma parte da sua terra, da sua gente. Um pedaço do que teria sido a sua vida com Marina.

Aceitando, enfim, que era desnecessário se enganar, foi diretamente para a casa de Marina. A entrada havia mudado, assim como toda a rua. Ergueu o punho para bater à porta, quando reparou que a casa agora tinha uma campainha. O seu coração batia tão forte que praticamente não seria necessário pressionar o interruptor. Ao bater à porta, Enric esperava abrir um sonho. Porém, o pânico o desencorajou. Deu meia--volta para tomar outra vez o caminho de casa. Então disse a si mesmo: "Que diabo! Você não veio aqui para nada. Seja o que Deus quiser." O chiado daquela porta o fez viajar em suas memórias. Alguém abria a porta. Enric nunca havia ficado tão nervoso. "Será Marina...?"

20

A pessoa que abriu a porta não era Marina. Na verdade, não o conhecia. De alguma forma, talvez fosse melhor assim, dada a sua situação. Para piorar as coisas, aquela mulher não tinha nem ideia de quem tinha sido a antiga proprietária da casa. Ela a comprara de um corretor e já estava vazia quando visitou a casa pela primeira vez. Por motivos óbvios, não podia perguntar aos vizinhos, nem na câmara municipal, muito menos à polícia.

Ele caminhou pela rua, observando de novo as esculturas das crianças vítimas da matança da rua Madoz, embora algumas delas já tivessem desaparecido, junto aos edifícios que decoravam. A evolução e o tempo ocultavam um segredo ainda maior. Cruzou a rua de Sant Ignasi, agora oficialmente chamada Dels Arbres, como era conhecia coloquialmente. Continuou pela rua de Sant Marc até chegar a uma padaria que exalava um cheiro tão bom que, por um segundo, mandou sua tristeza embora. Então, reparou que o novo teatro era também um cinema, já que no exterior via-se uma vitrine que anunciava os dois filmes que passariam no domingo seguinte.

A proximidade da igreja não o permitiu continuar sem, ao menos, se acercar para observá-la, com certeza, pela última vez. Queria voltar a ver de perto aquele altíssimo campanário onde passara tantas horas durante a infância. Tinha brincado tanto na praça de Santa Eulàlia que fora invadido por lembranças. Foi então que viu maravilhado que ainda se encontrava lá a loja de doces. O dono devia estar muito velho.

Não podia deixar de visitar a rua Maestro Tomàs Cabeza. Lá, onde tinha escondido o segredo pelo qual o sr. Pius o tornara responsável. Precisava apenas percorrer a lateral do templo para ir até lá. Mas, quando chegou, observou com preocupação que, onde antes era a casa do velho, agora se encontrava um edifício horrível. Não só a casa e a horta do sr. Pius desapareceram, mas também as lavanderias municipais, para dar lugar àquela construção horripilante.

Enric se perguntava o que devia ter acontecido com a Lágrima e a caveira de Montorch, se teriam sido encontradas ou se continuavam ignoradas no subsolo. De qualquer modo, já não podia fazer nada. Enquanto pensava nisso, um grupo de meninos passou por ele, perseguindo um cão vesgo que se chamava Lupa. Não tinham nem ideia do que havia enterrado sob os seus pés.

Foi naquele momento que pensou pela primeira vez na possibilidade de entregar o diário do sr. Pius a alguém, tal como este tinha feito com ele. Bem aos pés da rua Maestro Tomàs Cabeza, pôde ver a nova zona esportiva que tinha um fantástico campo de futebol. Enric tinha lido no jornal que em 1982, em razão da Copa do Mundo, tinham posto grama, e que aquele campo havia sido escolhido pela seleção polonesa para treinamento.

Enric sabia que o seu tempo lá acabava. Começava a sentir que havia pessoas que olhavam para ele como se o conhecessem, apesar da barba que usava. Talvez só estivesse paranoico, mas não queria deixar o seu destino à sorte.

Retomou o caminho subindo pela rua Gran. As ruas agora estavam diferentes por conta dos novos comércios, mas muitas das antigas casas continuavam de pé, orgulhosas de sobreviver ao passar dos anos. Para descer à estrada principal, tomou a rua do Hospital, desfrutando de seu último passeio pela vila. Enric reparou na decoração das varandas com as bandeiras catalãs. O amarelo e o vermelho pintavam as paredes por todos os lados, ocultando o cinza natural. No final da rua podia ser visto um monte de quiosques de flores, que perfumavam o ar mais cálido e agradável. Os dias eram agora mais longos, plenamente primaveris, e o céu ficava dourado no horizonte.

Parou um instante para capturar aquela imagem cheia de vida. A alegria acompanhava as pessoas que passeavam, algumas com vestidos de festa. Os casais iam de mãos dadas, sorrindo. Era certo que o inverno havia ficado para trás, e as ruas se apresentavam agora cheias de júbilo. Mas havia algo mais. "Claro! Amanhã é Sant Jordi!", pensou. Lembrou o quanto Marina gostava de Sant Jordi. No único que puderam compartilhar juntos, ele a presenteou com um ramo de rosas vermelhas. Marina gostava muito de rosas.

Parou num quiosque para olhar as rosas vermelhas magníficas, pensando que eram bem parecidas com as que tinha dado de presente, muitos anos antes, a Marina. Pensou que seriam perfeitas para ela. Chegou perto das rosas para cheirar uma, mas o ramo inteiro se moveu, e teve de se afastar de repente. Alguém do outro lado tinha pegado o ramo para levá-lo. Não haveria nada extraordinário nisso, não fosse o fato de a mulher que levava o ramo, com o seu rosto escondido, aparentar carregar o anel Gurb-Queralt. Aquele anel que Enric tinha herdado do sr. Pius, e que há vinte anos tinha presenteado Marina como prova do seu amor. A mulher foi embora sem que Enric pudesse ver seu rosto. Os olhos dele lhe diziam que aquela figura não era Marina, assim como a cor dos cabelos. Sua mente ainda se lembrava daquele modo de andar tão doce. Mas o coração, o coração tinha a última palavra, e dizia que nunca poderia confundir Marina com nenhuma outra. O coração de Enric batia com força, estava tão nervoso que por um instante pensou que desmaiaria. Quando chegou perto dela, disse com uma voz hesitante:

— Marina...

A mulher parou um momentinho, mas não se virou. Passados dois ou três segundos, continuou andando. Era como se ela tivesse reconhecido a voz dele e se convencido de que era impossível depois de tantos anos.

— Marina, sou eu. — Enric tinha lágrimas nos olhos.

Aquela mulher parou imediatamente, e virou a cabeça lentamente, como se não pudesse crer no que estava ouvindo. O gesto dela tinha a mesma delicadeza que Enric sempre tinha adorado. Finalmente, virou-se completamente para ele, mostrando aquele rosto que nos últimos vinte anos só tinha visto em seus sonhos mais doces.

— Enric... é você? — perguntou, como se tivesse visto um fantasma. Parecia que para ela era mais difícil reconhecer Enric. O passar dos anos e a sua barba tinham a culpa.

— Sou eu, anjinha... — disse Enric, com os braços meio abertos e um sorriso provocado por mil emoções.

Trocaram olhares por uns segundos. Enric podia ver através das suas próprias lágrimas o reflexo dos olhos de Marina, que era invadida por muitas emoções. Algumas boas, sim, mas também parecia que a raiva e a dor viviam na gaveta onde tinha guardado a memória de Enric. Ele se aproximou com muita prudência. Como é natural, o medo da rejeição invadia Enric. Colocou as mãos em seus antebraços com suavidade e, quando viu que Marina não se afastou, as deslizou até as dela, acariciando-as docemente.

Marina foi incapaz de recusar Enric, e seus sentimentos enterrados ressurgiram. Fundiram-se num longo abraço entre lágrimas de alegria e também de dor. Os seus lábios se encontraram de novo num beijo pelo qual valia a pena viver uma vida. Um beijo em que puderam verter milhares de emoções liberadas depois de tantos anos presas. Marina não tinha se casado, por isso ainda usava o anel Gurb. Ou talvez ela que era usada pelo anel. Enric a conheceu no dia em que o sr. Pius lhe deu. O rapaz tinha encontrado as suas mãos naquele dia no mercado, e vinte anos mais tarde na vigília da festa de Sant Jordi, da qual nunca esqueceriam.

Segundo as lendas, quem presenteava com esse anel convertia o seu amor em eterno. Enric preferia pensar que o anel o conduziu até ela. Por esse motivo, a sua luz não se apagou nunca. Esta era a autêntica magia do anel Gurb, criado a partir do amor, ao contrário da Lágrima do Sol Negro, criada pelo ódio e pela sede de vingança. É possível que o anel, ou alguém através dele, tivesse lhe salvado a vida quando notou as suas lágrimas no porão, no dia em que aqueles homens queriam matá-lo. Quem poderia saber?

Enric sabia que não podia ficar muito tempo, ainda que quisesse. Dessa vez Marina não tinha ligações familiares. Portanto, iriam embora juntos e jamais se separariam.

21

Enric e Marina tinham feito as malas para pegar o primeiro trem da manhã rumo a Paris. Dessa vez não viajaram de ônibus; simplesmente chamaram um táxi que os levaria até a estação. Enric queria controlar até o último detalhe. Agora que tinha recuperado Marina, não podia falhar. A sua felicidade contagiava o ambiente frio da estação, onde os passageiros habituais esperavam em silêncio ou liam o jornal. Muitos deles viajavam a trabalho; era uma rotina. Já Enric e Marina começariam uma vida juntos.

Mas, antes de partir, Enric quis cumprir com o que considerava ser sua responsabilidade. Não queria que tudo morresse com ele. Teve a oportunidade de conhecer os últimos vestígios do segredo com Gina na casa de repouso: a idosa que salvou o pai de ser devorado pela própria irmã, quase oitenta anos antes, quando era apenas uma menina. Também conheceu o sr. de la Vega e todas as coisas que guardava ocultas na sua biblioteca. Mas, sobretudo, o sr. Pius Domènech. Ele tinha escolhido Enric e o transformou no responsável por manter afastados os piores pesadelos da vila. Tinha lhe dado o anel Gurb. Um pequeno anel que esconde uma infinidade de mistérios tão grandes quanto o poder que outorgavam os antepassados.

Enric não descartava que tudo fosse casualidade, mas é no mínimo estranho que o sr. Pius tenha conseguido viver 107 anos até finalmente encontrar alguém que considerou merecedor para guardar cuidadosamente seu legado. E o que aconteceu com Jan? Como ele possuiu o anel Gurb, pôde conservar parte da sua humanidade. A maldição não conseguiu corrompê-lo por completo, porque o anel conservou, num recanto, parte de sua alma. Isso também aconteceu com ele e Marina. Uma das suas maiores satisfações foi poder entender as palavras da avó, que tanto amou. Como ela vivera e aquilo que a motivara a escrever aquelas coisas.

Por todos eles, tinha de fazer uma última coisa. Antes de ir para a França, Enric se dirigiu à torre de vigia romana, localizada muito perto do castelo. Cavou um buraco profundo aos seus pés e colocou ali um saco, com o diário do sr. Pius como prova escrita da história, e também todas as anotações que fez quando começou a sua pesquisa. Quando estava tudo pronto, pôs uma coisa mais: o anel Gurb-Queralt. Ele e Marina não precisariam mais dele. O anel de marfim foi criado para proteger a vila. Pertencia à vila e na vila tinha de permanecer. Talvez a pessoa que encontrasse o segredo precisasse dele algum dia.

Todo aquele tempo de estudo permitiu a Enric conhecer o porquê de muitas coisas. Refletia bastante sobre fatos que não aconteceram por acaso, pois eram consequências de outros que se mantiveram ocultos por conta de tudo o que Esparreguera viveu. E sabia que as novas gerações não iriam acreditar em relíquias, ciências ocultas ou histórias de fantasmas e maldições. Desejava passar adiante aquela informação caso alguém perguntasse o porquê da mudança tão radical da vila. Ou questionasse se apenas o comércio havia impulsionado os aldeões a mover toda uma cidade para tão longe de suas origens. Era importante a construção de um campanário de quase sessenta e três metros? O segundo mais alto da Catalunha. Era realmente necessário um campanário dessas dimensões numa vila como Esparreguera? Ou será que foi usado como torre de vigia, de onde alguém controlaria os movimentos dos mortos-vivos e tocaria os sinos para alertar? O que aconteceu com os cemitérios de Santa Maria del Puig, o paroquial, o da rua do Hospital e o Clos del Consolat? O último é o caso mais estranho, porque era um cemitério novo, que só funcionou durante cinquenta anos.

Os habitantes de Esparreguera também cederam a ermida de Sant Salvador de Espases à paróquia de Olesa de Montserrat no ano 1868, como aconteceu com a capela da Puda. Segundo a versão oficial, isso ocorreu porque não queriam ter que percorrer um longo caminho para ir às reuniões. Essa decisão foi tomada quinhentos anos depois da sua criação? Ou será que estavam com medo? Com a informação adequada, era possível juntar muitas peças.

O último episódio descrito pelo sr. Pius Domènech nas visões do passado sobre o feitiço de Montorch coincide no tempo com o famoso terremoto de Lisboa, que aconteceu no dia 1º de novembro de 1755, Dia de Todos os Santos. Casualidade? O certo é que, por causa do terremoto, em Esparreguera brotam águas sulfurosas a 28°C. Águas que alimentaram o balneário da Puda durante décadas.

Enric não sabia se tudo era coincidência ou consequência, mas toda a história merecia ser repensada, e, se fosse possível, não queria ser o único a se lembrar dela. Sabia que a pessoa que recebesse a informação teria muitas perguntas, assim como ele tinha se questionado muitas coisas. Esperava que ela tivesse as ferramentas suficientes para encarar o assunto, e a curiosidade necessária para fazer uma análise criteriosa.

Lembrou-se de quando se indagava por que as vilas vizinhas não sofreram os efeitos da maldição ou como era possível que não soubessem o que acontecia ali. Ao estudar o passado da vila, reparou que naquele tempo as comunicações com o resto dos povoados eram muito complicadas. Os difíceis acessos e caminhos que existiam até o fim do século XIX faziam da vila um lugar muito mais incomunicável do que agora. O fim da maldição coincide com a construção da ponte de Magarola, que facilitou a comunicação com Martorell e Sant Feliu de Llobregat. A construção da Palanca também foi positiva porque comunicaria Esparreguera e Olesa de Montserrat. Antes da Palanca, as viagens entre ambas as populações tinham de ser feitas de barca, um meio de transporte que duraria séculos. Com certeza isso fazia com que as vozes que chegavam desde Esparreguera até Olesa voassem como o vento.

Enric esperava que a pessoa que encontrasse o diário refletisse, sobretudo, em conjunto, assim como ele havia feito. Por isso escolheu a torre de vigia. Estava seguro de que, se um dia houvesse escavações arqueológicas, a pessoa que encontrasse o diário teria certa consciência histórica. Esperava que, quando a vila fosse consciente do valor daquele local, deixaria de ser apenas um muro ondo os meninos mijavam. A torre estava muito descuidada, mas não duvidava de que aqueles restos acordariam o interesse de alguém, e esperava que esta história também. Porque, no momento em que alguém desatar o nó do segredo, se tornará seu novo guardião.

Agradecimentos

Para começar, quero expressar a minha gratidão a todos aqueles que tão amavelmente ajudaram, de forma desinteressada, na minha pesquisa pessoal sobre minha Esparreguera, que eu amo tanto. Obrigado pelo seu tempo e amabilidade. Também agradeço ao Arquivo Municipal, principalmente a Rosa Maria Codina, que tantas vezes me recebeu. Joan Llort, por compartilhar dos seus conhecimentos, que são muitos. Ricard Forn, por me dar acesso à sua coleção fotográfica e documental. E, sobretudo, a Josep Puig i Jorba, que tantas vezes me abriu a porta da sua casa. No Arquivo Puig reside parte do nosso passado, que, graças a Josep, não se perdeu. Pude aprender tantas coisas me aprofundando na sua coleção de fotografias antigas que nunca poderei agradecer suficientemente.

Também quero agradecer ao meu amigo Joaquín Valle por me dar a possibilidade de adquirir conhecimentos que não estão à disposição de pessoas como eu. Josep Albanell, por doar-me seu tempo. O simples fato de que alguém tão importante como ele se dignasse a me dar atenção é um gesto que não esquecerei jamais. Cada conselho que me deu foi uma luz num caminho de inúmeras incertezas.

Para finalizar, quero agradecer a toda a equipe da Nova Casa Editorial, pelo seu profissionalismo: Roger Clavero, pela revisão e sugestões para melhorar o livro, e Abel Carretero, pela coordenação editorial dessa obra. Também agradeço à minha família e aos meus amigos. A todos eles, que me inspiraram e me deram o apoio necessário. Especialmente ao meu filho, Nil, por quem eu daria a minha vida, porque ele a doa para mim diariamente.